वस्तुनिष्ठ

सामान्य ज्ञान
इतिहास

सिविल सर्विस (केन्द्र एवं राज्य), स्टॉफ सलेक्शन कमीशन (SSC), इन्स्टीच्यूट ऑफ बैंकिंग पर्सनल सेलेक्शन (IBPS), मैनेजमेंट एप्टीच्यूट टेस्ट (MAT), कॉमन एडमिशन टेस्ट (CAT), रेलवे रिक्रूटमेंट सर्विसेज एवं सभी प्रतियोगी परीक्षाओं के लिए उपयोगी।

लेखक
प्रसून कुमार

वी एण्ड एस पब्लिशर्स

प्रकाशक

वी एण्ड एस पब्लिशर्स

F-2/16, अंसारी रोड, दरियागंज, नई दिल्ली-110002
☎ 23240026, 23240027 • *फैक्स:* 011-23240028
E-mail: info@vspublishers.com • *Website:* www.vspublishers.com

क्षेत्रीय कार्यालय : हैदराबाद
5-1-707/1, ब्रिज भवन (सेन्ट्रल बैंक ऑफ इण्डिया लेन के पास)
बैंक स्ट्रीट, कोटी, हैदराबाद-500 095
☎ 040-24737290
E-mail: vspublishershyd@gmail.com

शाखा : मुम्बई
जयवंत इंडस्ट्रिअल इस्टेट, 1st फ्लोर-108, तारदेव रोड
अपोजिट सोबो सेन्ट्रल, मुम्बई - 400 034
☎ 022-23510736
E-mail: vspublishersmum@gmail.com

फ़ॉलो करें:

ISBN 978-93-579416-5-5

संस्करण 2018

मुद्रक: रेप्रो नॉलेजकास्ट लिमीटेड, ठाणे

प्रकाशकीय

एक उत्कृष्ट प्रकाशक के तौर पर देश भर में प्रसिद्धि प्राप्त करने के पश्चात् **'वी एण्ड एस पब्लिशर्स'** ने विशेष रूप से ओलम्पियाड एवं अकादमिक परीक्षाओं में शामिल होने जा रहे छात्रों के लिए 'ओलम्पियाड श्रृंखला' की पुस्तकें प्रकाशित करने का निश्चय किया।

वर्ष 2015 में हमने पहली बार विज्ञान, गणित, अंग्रेजी तथा कम्प्यूटर सम्बन्धित ओलम्पियाड पुस्तकों का सफलतापूर्वक प्रकाशन किया। इन पुस्तकों को देशभर के छात्रों से भरपूर सराहना मिली तथा उनके शिक्षकों और अभिभावकों से भी प्रशंसा भरे अनेक संदेश प्राप्त हुए। इस सफलता से उत्साहित होकर हमने निश्चय किया कि हमें इस प्रकार की अकादमिक पुस्तकों का प्रकाशन निरंतर जारी रखना चाहिए। इसी सिलसिले को जारी रखते हुए हमने शीर्ष प्रतियोगिता परीक्षाओं में छात्रों की सफलता हेतु इस बार **'वस्तुनिष्ठ सामान्य ज्ञान इतिहास'** पुस्तक प्रकाशित किया है।

इस पुस्तक में हमने उच्च शिक्षा तथा सरकारी सेवाओं में जाने वाले उत्साही छात्रों के लिए उन सभी संभावित प्रश्नों को सम्मिलित किया, जो इन परीक्षाओं में अकसर पूछे जाते हैं।

इस पुस्तक में इतिहास (भारत एवं विश्व), भूगोल (भारत एवं विश्व), भारतीय राजव्यवस्था एवं भारतीय अर्थव्यवस्था, सामान्य ज्ञान, कम्प्यूटर, सूचना एवं तकनीक तथा विविध आदि विषयों से 1000 चुने गये प्रश्नों का संकलन किया गया है।

सिविल सर्विस (केन्द्र एवं राज्य), स्टॉफ सलेक्शन कमीशन (SSC), इन्स्टीच्यूट ऑफ बैंकिंग पर्सनल सेलेक्शन (IBPS), डिफेंस सर्विसेज (CDSE, NDA), मैनेजमेंट एप्टीच्यूट टेस्ट (MAT), कॉमन एडमिशन टेस्ट (CAT), रेलवे रिक्रूटमेंट सर्विसेज तथा अन्य उच्च स्तरीय परीक्षाओं के लिए विशेष रूप से उपयोगी है।

यूँ तो बाजार में सामान्य ज्ञान की कई पुस्तकें उपलब्ध हैं। इन पुस्तकों के साथ एक मुख्य समस्या यह है कि कुछ अंतराल के पश्चात् इन पुस्तकों के पाठ्यक्रम में बदलाव करना आवश्यक हो जाता है। इस समस्या के निदान के लिए हमने प्रस्तुत पुस्तक में विषयों का संकलन कुछ इस प्रकार किया है, जिससे छात्रों को इसके पाठ्यक्रय में शीघ्र बदलाव की आवश्यकता महसूस नहीं हो। इस योजना के तहत पुस्तक में समसामियकी (करेंट अफेयर्स) का चयन नहीं किया गया है। हमें आशा है कि छात्र एवं शिक्षक इस पुस्तक की व्यापक उपयोगिता को देखते हुए इसे सहर्ष अपनायेंगे। छात्रों से अनुरोध है कि प्रश्नों को हल करने के पश्चात् यदि उन्हें पुस्तक में कोई त्रुटि दिखायी दे तो इसकी सूचना हमारे ईमेल पर अवश्य दें, जिससे भविष्य में पुस्तक को और अधिक उपयोगी बनाया जा सके।

प्राचीन भारतीय इतिहास

1. हड़प्पा सभ्यता के खोजकर्ता कौन थे?
(a) सर जॉन मापेल
(b) आर०डी० बनर्जी
(c) ए० कनिंघम
(d) दयाराम सहनी

2. हड़प्पा सभ्यता का सर्वाधिक मान्यता प्राप्त काल है–
(a) 2800 ई०पू०-2000 ई०पू०
(b) 2500 ई०पू०-1750 ई०पू०
(c) 3500 ई०पू०-1800 ई०पू०
(d) इनमें से कोई नहीं

3. निम्न में से विंध्य क्षेत्र में स्थित नवपाषाण युगीन स्थल कौन है?
(a) महगरा (b) चिरांद
(c) बानगढ़ (d) खुन्ती

4. कोपेनहेगन संग्रहालय की सामग्री से पाषाण, कांस्य और लौह युग का त्रियुगीय विभाजन किया था–
(a) थॉमसन (b) लुब्काब
(c) टेलर (d) चाइल्ड

5. खाद्यान्नों की कृषि सर्वप्रथम प्रारम्भ हुई थी?
(a) नवपाषाण काल
(b) मध्यपाषाण काल
(c) पुरापाषाण काल
(d) प्रोटोऐतिहासिक काल

6. मानव द्वारा सर्वप्रथम प्रयुक्त अनाज था–
(a) गेहूँ (b) चावल
(c) जौ (d) बाजरा

7. भारत में सर्वप्रथम मानव का साक्ष्य कहाँ पर मिलता है?
(a) नीलगिरी पहाड़ियाँ
(b) शिवालिक पहाड़ियाँ
(c) नल्लामाला पहाड़ियाँ
(d) नर्मदा घाटी

8. उस स्थल का नाम बताइये, जहाँ से प्राचीनतम स्थायी जीवन के प्रमाण मिले हैं?
(a) धौलावीरा
(b) किला गुल मोहम्मद
(c) कालीबंगा
(d) मेहरगढ़

9. भारतीय उपमहाद्वीप में कृषि के प्राचीनतम साक्ष्य प्राप्त हुए हैं–
(a) कोलडिहवा (b) लहुरादेव
(c) मेहरगढ़ (d) टोकवा

10. भारतीय उपमहाद्वीप में कृषि के प्राचीनतम साक्ष्य प्राप्त हुए है–
(a) ब्रह्मगिरि से (b) बुर्जहोम से
(c) कोलडिहवा से (d) मेहरगढ़ से

11. किस स्थल पर पाषाण काल से हड़प्पा सभ्यता तक के सांस्कृतिक अवशेष प्राप्त हुए हैं?
(a) आम्री (b) मेहरगढ़
(c) कोटपीजी (d) कालीबंगा

12. नवदाटोली का उत्खनन किसने किया था?
(a) के०डी० वाजपेयी
(b) बी०एस० वाकंकड़
(c) एच०डी० सांकलिया
(d) मार्टिमर व्हीलर

13. नवदाटाली किस राज्य में अवस्थित है?
(a) गुजरात (b) महाराष्ट्र
(c) छत्तीसगढ़ (d) मध्य प्रदेश

14. वृहत्पाषाण स्मारकों की पहचान की गयी है–
(a) संन्यासी गुफाओं के रूप में
(b) मृतक को दफनाने के स्थान के रूप में
(c) मन्दिर के रूप में
(d) उपर्युक्त में से कोई नहीं

15. राख का टीला निम्नलिखित किस नवपाषाणिक स्थल से सम्बन्धित है?
(a) बुदिहाल (b) संगनकल्लू
(c) कोलडिहवा (d) ब्रह्मगिरी

16. 'भीमबेटका' किसके लिए प्रसिद्ध है?
(a) गुफाओं के शैल चित्र
(b) खनिज
(c) बौद्ध प्रतिमाएँ
(d) सोननदी का उपागम स्थल

17. भारत में किस शिलाश्रय से सर्वाधिक चित्र प्राप्त हुए है?
(a) वृहरिया (b) भीमबेटका
(c) बाघ (d) अमरावती

18. निम्न में से कौन-सा स्थल प्रागैतिहासिक चित्रकला के लिए प्रसिद्ध है?
(a) अजंता (b) भीमबेटका
(c) बाघ (d) अमरावती

19. उत्खनित प्रमाणों के अनुसार पशुपालन का प्रारम्भ हुआ था–
(a) निचले पूर्व पाषाण काल में
(b) मध्य पूर्व पाषाण काल में
(c) ऊपरी एवं पाषाण काल में
(d) मध्य पाषाण काल में

20. मध्यपाषाणिक पशुपालन के प्रमाण जहाँ मिले, वह स्थान है–
(a) लंघनाम (b) बीरभानपुर
(c) आदमगढ़ (d) चोपनीमांडो

21. निम्न में से किस स्थान से हड्डी के उपकरण प्राप्त हुए हैं?
(a) चोपनीमांडो (b) काकोरिया
(c) महदहा (d) सरायनाहरराय

22. किस स्थल से मानव कंकाल के साथ कुत्ते का कंकाल भी शवाधान से प्राप्त हुआ?
(a) ब्रह्मगिरि (b) बुर्जहोम
(c) चिरांद (d) मास्की

23. गर्त आवास के साक्ष्य प्राप्त हुए हैं–
(a) बुर्जहोम (b) कोलडिहवा
(c) ब्रह्मगिरि (d) संगनकल्लू

24. भारतीय पुरातत्व सर्वेक्षण निम्नलिखित विभागों/मन्त्रालयों में से किसका संलग्न कार्यालय है?
(a) संस्कृति
(b) पर्यटन
(c) विज्ञान और प्रौद्योगिकी
(d) मानव संसाधन विकास

25. भीमबेटका की गुफा कहाँ स्थित है?
(a) भोपाल (b) पंचमढ़ी
(c) सिंगरौनी (d) रायसेन

26. हड्डी निर्मित आभूषण भारत में मध्य पाषाण काल के संदर्भ में प्राप्त हुए है–
(a) सराय नाहरराय
(b) महदहा
(c) लेखटिया
(d) चापानीमाण्डो

27. प्राचीन मानव प्रजाति है–
(a) आस्ट्रेलोपिथेकस
(b) पावामानव
(c) होमोइरेक्टस
(d) निपण्डर्थन

28. भारत में प्रथम पुरापाषणिक उपकरण की खोज करने वाले रावर्ट क्रूसफुट थे एक–
(a) भूगर्भ वैज्ञानिक
(b) पुरातत्वविद्
(c) पुरावनस्पति शास्त्री
(d) इतिहासकार

29. एक ही कब्र में तीन मानव कंकाल मिले हैं–
(a) सारयनाहर राय
(b) दमदमा
(c) महदहा
(d) लंहनौप

30. सिन्धु घाटी की सभ्यता गैर आर्य थी, क्योंकि–
(a) वह नगरीय सभ्यता थी
(b) उसकी अपनी लिपि थी
(c) उसकी खेतिहर अर्थव्यवस्था थी
(d) उसका विस्तार नर्मदा घाटी तक था

31. सिन्धु घाटी संस्कृति वैदिक सभ्यता से भिन्न थी, क्योंकि–
(a) इसके पास विकसित शहरी जीवन की वस्तुएँ थी
(b) इसके पास चित्रलिखीय लिपि थी
(c) उपर्युक्त दोनों
(d) इनमें से कोई नहीं

32. जुते हुए खेत की चिह्न कहाँ मिले?
(a) मोहनजोदड़ो (b) कालीबंगा
(c) हड़प्पा (d) लोथल

33. मिलान करें–

सूची-I	सूची-II
A. हड़प्पा	1. गोदावरी
B. हस्तिनापुर	2. रावी
C. नागार्जुन कोंडा	3. गंगा
D. पैठन	4. कृष्णा

कूटः

	A	B	C	D
(a)	1	2	3	4
(b)	2	3	4	1
(c)	4	2	3	1
(d)	1	3	2	4

34. सुमेलित कीजिए–

सूची-I	सूची-II
A. हड़प्पा	1. भोगवा
B. कालीबंगा	2. घग्गर
C. लोथल	3. रावी
D. रोपड़	4. सतलज

कूटः

	A	B	C	D
(a)	3	2	1	4
(b)	3	4	1	2
(c)	4	2	3	1
(d)	1	3	2	4

35. विशाल स्नानागार किस पुरातत्व स्थल में पाया गया था?
(a) रोपड़ (b) हड़प्पा
(c) मोहनजोदड़ो (d) कालीबंगा

36. सिन्धु घाटी सभ्यता मानी जाती है–
1. अपने नियोजन के लिए
2. मोहनजोदड़ो और हड़प्पा के लिए
3. अपने कृषि के लिए
4. अपने उद्योगों के लिए
(a) 1 और 2 (b) 1, 2 और 3
(c) 2, 3 आर 4 (d) उपर्युक्त सभी

37. हड़प्पा संस्कृति के स्थल एवं उनकी स्थिति सम्बन्धी निम्न युग्मों में से कौन सही सुमेलित है?
(a) आलमगीर – उत्तर प्रदेश
(b) बनावली – हरियाणा
(c) पायमाबाद – महराष्ट्र
(d) राखीगढ़ी – राजस्थान

38. हड़प्पा सभ्यता स्थल लोथल स्थित है–
(a) गुजरात (b) पंजाब
(c) राजस्थान (d) सिन्ध

39. सुमेलित कीजिए–

सूची-I हड़प्पीय स्थल	सूची-II स्थिति
A. मांड़ा	1. राजस्थान
B. दायमाबाद	2. हरियाणा
C. कालीबंगा	3. जम्मू-कश्मीर
D. रावीगढ़ी	4. महाराष्ट्र

कूटः

	A	B	C	D
(a)	1	2	3	4
(b)	2	3	4	1
(c)	3	4	1	2
(d)	4	1	2	3

40. हड़प्पा संस्कृति के निम्नलिखित स्थलों में कौन सिंध में अवस्थित है?
1. हड़प्पा 2. मोहनजोदड़ो
3. चन्हूदड़ो 4. सुरकोटडा
नीचे दिये गये कूट में सही उत्तर चुनिए–
(a) 1 एवं 2 (b) 2 एवं 3
(c) 2, 3 एवं 4 (d) 1, 2, 3 एवं 4

41. लोथल किस नदी के किनारे है–
(a) नर्मदा (b) माही
(c) भोगवा (d) भीमा

42. भारत का सबसे बड़ा हड़प्पन पुरास्थल है-
(a) आलमगीरपुर (b) कालीबंगा
(c) लोथल (d) राखीगढ़ी

43. सिन्धु घाटी सभ्यता किन नदियों के तट पर बसी थी?
(a) सिन्धु (b) चेनाब
(c) झेलम (d) उपर्युक्त सभी

44. सिन्धु घाटी के लोग पूजा करते थे-
(a) पशुपति
(b) इन्द्र और वरुण
(c) ब्रह्मा
(d) विष्णु

45. निम्न में कौन सुमेलित नहीं है-
(a) हड़प्पा - दयाराम साहनी
(b) लोथल - एस०आर० राव
(c) सुरकोटड़ा - जे०पी० जोशी
(d) धौलावीरा - वी०के० थापर

46. हड़प्पा का उत्खनन करने वाला प्रथम पुरातत्वविद्, जो इसके महत्त्व को समझ नहीं पाया था-
(a) ए० कनिंघम
(b) सर जॉन मार्शल
(c) व्हीलर
(d) जॉर्ज एफ० डेल्स

47. निम्न में से किस स्थल से घरों में कुओं के अवरोश मिले हैं-
(a) हड़प्पा (b) कालीबंगा
(c) लोथल (d) मोहनजोदड़ो

48. सर्वप्रथम मानव ने निम्न धातु का उपयोग किया-
(a) सोना (b) चाँदी
(c) ताँबा (d) लोहा

49. हड़प्पाकालीन स्थलों में अभी तक किस धातु की प्राप्ति नहीं हुई है?
(a) ताँबा (b) स्वर्ण
(c) चाँदी (d) लोहा

50. कौन-सा स्थल घग्गर और उसकी सहायक नदियों की घाटी में स्थित है?
(a) आलमगीरपुर (b) लोथल
(c) मोहनजोदड़ो (d) बनवाली

51. धौलावीरा किस राज्य में स्थित है?
(a) गुजरात (b) हरियाणा
(c) पंजाब (d) राजस्थान

52. हड़प्पन संस्कृति के सन्दर्भ में शैलकृत स्थापत्य के प्रमाण कहाँ से मिले हैं?
(a) कालीबंगा (b) धौलावीरा
(c) कोटदीजी (d) आमरी

53. एक उन्नत जल-प्रबंधन व्यवस्था का साक्ष्य प्राप्त हुआ है?
(a) आलमगीरपुर (b) धौलावीरा
(c) कालीबंगा (d) लोथल

54. हड़प्पन स्थल सनौली से प्राप्त हुआ है-
(a) मानव शवाधान
(b) पशु शवाधान
(c) आवाशीय भवन
(d) रक्षा दीवार

55. कपास की खेती का आरम्भ सबसे पहले कहाँ हुआ?
(a) मिस्र (b) मेसोपोटामिया
(c) मध्य अमेरिका (d) भारत

56. वृषभ मुद्रा कहाँ प्राप्त हुई थी?
(a) हड़प्पा (b) चन्हूदड़ो
(c) लोथल (d) मोहनजोदड़ो

57. निम्न में किस पशु का अंकन हड़प्पा संस्कृति की मुहरों पर नहीं मिलता है?
(a) बैल (b) हाथी
(c) घोड़ा (d) भेड़

58. मृण-पट्टिका पर उत्कीर्ण सींगयुक्त देवता की कृति प्राप्त हुई है-
(a) बनावली (b) कालीबंगा
(c) लोथल (d) सूरकोतड़ा

59. कौन-सी सभ्यता नील नदी के तट पर पनपी?
(a) रोमन सभ्यता
(b) सिन्धु सभ्यता
(c) यूनानी सभ्यता
(d) मिस्र की सभ्यता

60. दघेरी एक परवर्ती हड़प्पायी पुरास्थल है-
(a) जम्मू (b) पंजाब
(c) हरियाणा (d) उत्तर प्रदेश

61. कौन-सा हड़प्पाई नगर तीन भागों में विभक्त है?
(a) लोथल (b) कालीबंगा
(c) धौलावीरा (d) सुरकोटड़ा

62. सिन्धु सभ्यता का भारत में सबसे बड़ा पुरास्थल है-
(a) आलमगीरपुर (b) कालीबंगा
(c) लोथल (d) राखीगढ़

63. हाथीदाँत का पैमाना कहाँ मिला है?
(a) कालीबंगा (b) लोथल
(c) धौलावीरा (d) बनवाली

64. चन्हूदड़ो के उत्खनन का निर्देशन किया था-
(a) जे० एच० मैके
(b) सर जॉन मार्शल
(c) आई व्हीलर
(d) ऑरैल स्टेन

65. सबसे पुराना वेद कौन-सा है?
(a) यजुर्वेद (b) ऋग्वेद
(c) सामवेद (d) अथर्ववेद

66. सुमेल करें-

सूची-I	सूची-II
A. ऋग्वेद	1. गोपथ
B. सामवेद	2. शतपथ
C. अथर्ववेद	3. ऐतरेय
D. यजुर्वेद	4. पंचवेथ

कूटः

	A	B	C	D
(a)	4	2	3	1
(b)	2	4	3	1
(c)	3	4	1	2
(d)	1	2	4	3

67. 'त्रयी' नाम है-
(a) तीन वेदों का
(b) धर्म, संघ व बुद्ध का
(c) हिन्दू धर्म के तीन देवताओं का
(d) तीनों मौसमों का

68. किस वेद में जादुई माया और वशीकरण का वर्णन है?
(a) ऋग्वेद (b) यजुर्वेद
(c) अथर्ववेद (d) सामवेद

69. मिलान करें-

सूची-I	सूची-II
A. ऋग्वेद	1. संगीतमय स्रोत
B. यजुर्वेद	2. स्रोत एवं कर्मकाण्ड
C. सामवेद	3. तन्त्रमन्त्र एवं वशीकरण
D. अथर्ववेद	4. स्रोत एवं प्रार्थनाएं

कूटः

	A	B	C	D
(a)	4	2	1	3
(b)	3	2	4	1
(c)	4	1	2	3
(d)	2	3	1	4

70. ऋग्वेद में कितने ऋचाएं हैं?
(a) 1028 (b) 1017
(c) 1021 (d) 1020

71. उपनिषद् पुस्तकें हैं-
(a) धर्म पर (b) योग पर
(c) विधि पर (d) दर्शन पर

72. मोक्ष की पर्चा मिलती है-
(a) ऋग्वेद (b) परवर्ती संहिताएँ
(c) ब्राह्मण (d) उपनिषद्

73. नचिकेता-यम संवाद किस उपनिषद् में प्राप्त होता है?
(a) वृहदारण्यक (b) छांदोग्य
(c) काठोपनिषद् (d) केनउपनिषद्

74. नचिकेता आख्यान का उल्लेख मिलता है-
(a) अथर्ववेद
(b) शतपथ ब्राह्मण
(c) कठोपनिषद्
(d) वृहदाख्यक

75. वैदिक नदी अस्किनी का आधुनिक नाम है-
(a) व्यास (b) रावी
(c) चेनाब (d) झेलम

76. निम्न में किन नदियों का उल्लेख अफगानिस्तान के साथ आर्यों के सम्बन्ध का सूचक है?
(a) अस्किनी (b) परुष्णी
(c) कुंभा, क्रमु (d) विपाशा, सुतुद्रि

77. ऋग्वैदिक काल में 'निष्क' किस अंग का आभूषण था?
(a) कान का (b) गला का
(c) बाहु का (d) कलाई का

78. प्राचीन भारत में 'निशाका' नाम से जाने जाते थे-
(a) स्वर्ण आभूषण
(b) गायें
(c) ताँबें के सिक्के
(d) चाँदी के सिक्के

79. सुमेल करें-

सूची-I	**सूची-II**
A. कुंभा	1. गंडक
B. परुष्णी	2. काबुल
C. सदानीरा	3. रावी
D. शुतुद्री	4. सतलज

कूट:

	A	B	C	D
(a)	1	2	4	3
(b)	2	3	1	4
(c)	3	4	2	1
(d)	4	1	3	2

80. कौन-सा अभिलेख आर्यों के ईरान से भारत में आने की सूचना देता है?
(a) मान सेहरा (b) शहबाजगढ़ी
(c) बोगाजकोई (d) जूनागढ़

81. किस ग्रन्थ में 'पुरुष मेध' का उल्लेख हुआ है?
(a) कृष्ण यजुर्वेद (b) शुक्ल यजुर्वेद
(c) शतपथ ब्राह्मण (d) पंचविश ब्राह्मण

82. उत्तर वैदिक काल में निम्नलिखित में से किनको कार्य संस्कृति का धुर समझा जाता था?
(a) अंग, मगध (b) कोसल, विदेह
(c) कुरु, पंचाल (d) मत्स्य, शूरशेन

83. गोत्र शब्द का प्रयोग सर्वप्रथम हुआ था-
(a) अथर्ववेद (b) ऋग्वेद
(c) सामवेद (d) यजुर्वेद

84. पूर्व-वैदिक आर्यों का धर्म प्रमुखत: था-
(a) भक्ति
(b) मूर्ति पूजा और यज्ञ
(c) प्रकृति पूजा और यज्ञ
(d) प्रकृति पूजा और भक्ति

85. दश-राजाओं का युद्ध किस नदी के किनारे लड़ा गया था?
(a) परुष्णी (b) सरस्वती
(c) विपाशा (d) अस्किनी

86. किस नदी को ऋग्वेद में 'मातेतमा' 'देवीतमा' एवं 'नदीतमा' सम्बोधित किया गया है?
(a) सिन्धु (b) सरस्वती
(c) वितस्ता (d) यमुना

87. उस जनजाति का नाम बताइए, जो ऋग्वैदिक आर्यों के पंचजन से सम्बन्धित नहीं है?
(a) यदु (b) पुरु
(c) तुर्वस (d) किकट

88. ऋग्वेद में उल्लिखित 'यव' शब्द किस कृषि उत्पाद हेतु प्रयुक्त किया गया है?
(a) जौ (b) चना
(c) चावल (d) गेहूँ

89. किस वेद में 'सभा' और 'समिति' को प्रजापति की दो पुत्रियाँ कहा गया है?
(a) ऋग्वेद (b) सामवेद
(c) यजुर्वेद (d) अथर्ववेद

90. ऋग्वेद में सर्वाधिक संख्या में मन्त्र किससे सम्बन्धित हैं-
(a) अग्नि (b) वरुण
(c) विष्णु (d) यम[1]

91. ऋग्वेद में युद्ध देवता समझा जाता है-
(a) अग्नि (b) इन्द्र
(c) सूर्य (d) वरुण

92. पूर्व वैदिक आर्यों का सर्वाधिक लोकप्रिय देवता कौन था?
(a) वरुण (b) विष्णु
(c) रुद्र (d) इन्द्र

93. गायत्री मन्त्र की रचना किसने की थी?
(a) वशिष्ठ (b) विश्वामित्र
(c) इन्द्र (d) परीक्षित

94. पुराणों की संख्या है–
(a) 16 (b) 18
(c) 19 (d) 122

95. 'श्रीमद्भागवतगीता' मौलिक रूप में किस भाषा में लिखी गयी थी?
(a) संस्कृत (b) उर्दू
(c) पाली (d) हिन्दी

96. हिन्दू पौराणिक कथा के अनुसार समुद्र मंथन हेतु किस सर्प ने रस्सी के रूप में स्वयं को प्रस्तुत किया?
(a) कालिया (b) वासुकी
(c) पुष्कर (d) शेषनाग

97. 'सत्यमेव जयते' शब्द किस उपनिषद् से लिया गया है?
(a) मुंडकोपनिषद्
(b) कठोपनिषद्
(c) छांदोग्योपनिषद्
(d) इनमें से कोई नहीं

98. ऋग्वेद की मूल लिपि थी-
(a) देवनागरी (b) खरोष्ठी
(c) पाली (d) ब्राह्मी

99. अवेस्ता किस देश से सम्बन्धित है?
(a) भारत (b) ईरान
(c) इस्राइल (d) मिस्र

100. 'अघन्या' किसे माना गया है?
(a) बैल (b) भेड़
(c) गाय (d) हाथी

101. किस ऋषि ने दक्षिण-भारत का आर्यकरण किया-
(a) विश्वामित्र (b) अगस्त्य
(c) वशिष्ठ (d) सांभर

102. निम्नलिखित वैदिक देवताओं में किसे उनका पुरोहित माना जाता है?
(a) अग्नि (b) वृहस्पति
(c) द्यौस (d) इन्द्र

103. निम्नलिखित में से कौन 'प्रस्थानत्रयी' में शामिल नहीं है?
(a) भगवद्गीता (b) भागवत
(c) उपनिषद् (d) ब्रह्मसूत्र

104. किस वैदिक ग्रन्थ में 'वर्ण' शब्द का सर्वप्रथम उल्लेख मिलता है?
(a) ऋग्वेद (b) अथर्ववेद
(c) सामवेद (d) यजुर्वेद

105. ऋग्वैदिक धर्म था–
(a) बहुदेववादी (b) एकेश्वरवादी
(c) अद्वैतवादी (d) निवृत्तवादी

106. गायत्री मन्त्र किस ग्रन्थ में मिलता है?
(a) भगवतगीता (b) अथर्ववेद
(c) ऋग्वेद (d) मनुस्मृति

107. भारतीय प्रतीक पर उत्कीर्ण 'सत्यमेव जयते' लिया गया है-
(a) ऋग्वेद से (b) भगवद्गीता से
(c) मुण्डकोपनिषद् (d) मत्स्य पुराण से

108. वैदिक कर्मकाण्ड में 'होता' का सम्बन्ध है-
(a) ऋग्वेद (b) यजुर्वेद
(c) सामवेद (d) अथर्ववेद

109. गोपथ ब्राह्मण सम्बन्धित है-
(a) यजुर्वेद से (b) सामवेद से
(c) अथर्ववेद से (d) ऋग्वेद से

110. ऋग्वेद काल के प्रारम्भ में किसे महत्त्वपूर्ण संपत्ति समझा जाता था?
(a) भूमि (b) गाय
(c) स्त्रियों (d) जल

111. शतपय ब्राह्मण में उल्लिखित राजा विदेध माधव से सम्बन्धित ऋषि थे
(a) ऋषि भारद्वाज
(b) ऋषि वशिष्ठ
(c) ऋषि विश्वामित्र
(d) ऋषि गौतम राहूगण

112. श्रवणबेलगोला में गोमतेश्वर की विशाल प्रतिमा की स्थापना किसने करवाई थी?
(a) चामुंडराय   (b) कृष्ण प्रथम
(c) कुमार पाल   (d) तेजपाल

113. जैन धर्म के संस्थापक हैं-
(a) आर्य सुधर्मा   (b) महावीर स्वामी
(c) पार्श्वनाथ   (d) ऋषभ देव

114. महावीर स्वामी का जन्म कहाँ हुआ था?
(a) कुंडग्राम   (b) पाटलिपुत्र
(c) मगध   (d) वैशाली

115. निम्न में से कौन जैन तीर्थंकर नहीं था?
(a) चन्द्रप्रभु   (b) नालमुनि
(c) नेमि   (d) संभव

116. प्रभासगिरि किसका तीर्थस्थल है?
(a) बौद्ध   (b) जैन
(c) शैव   (d) वैष्णव

117. त्रिरत्न सिद्धान्त सम्यक धारणा, सम्यक चरित्र एवं सम्यक ज्ञान किस धर्म की महिमा है?
(a) बौद्ध धर्म
(b) ईसाई धर्म
(c) जैन धर्म
(d) उक्त में से कोई नहीं

118. स्यादवाद सिद्धान्त है-
(a) लोकायत धर्म का
(b) शैव धर्म का
(c) जैन धर्म का
(d) वैष्णव धर्म का

119. अनेकांतवाद किसका सिद्धान्त है?
(a) बौद्ध मत   (b) जैन मत
(c) सिख मत   (d) वैष्णव मत

120. जैन दर्शन के अनुसार सृष्टि की रचना एवं पालन-पोषण-
(a) सार्वभौमिक विधान से हुआ है
(b) सार्वभौमिक सत्य से हुआ है
(c) सार्वभौमिक आस्था से हुआ है
(d) सार्वभौमिक आत्मा से हुआ है

121. यापनीय किसका एक संप्रदाय था-

(a) बौद्ध धर्म   (b) जैन धर्म
(c) शैव धर्म   (d) वैष्णव धर्म

122. प्रारम्भिक जैन साहित्य निम्नलिखित में से किस भाषा में लिखे गये?
(a) अर्ध मागधी   (b) पाली
(c) प्राकृत   (d) संस्कृत

123. किस जैन सभा में अन्तिम रूप से श्वेतांबर आगम का संपादन हुआ?
(a) वैशाली   (b) वल्लभी
(c) पावा   (d) पाटलिपुत्र

124. भगवान महावीर का प्रथम शिष्य था?
(a) जमालि   (b) योसुद
(c) विपिन   (d) प्रभाष

125. 'आजीवक' संप्रदाय के संस्थापक-
(a) आनन्द   (b) राहुलभ्रद
(c) मक्खलिगोसाल (d) उपालि

126. भाग्यवादी कौन थे?
(a) जैन   (b) बौद्ध
(c) आजीवक   (d) उपालि

127. उत्तर प्रदेश में बौद्ध एवं जैनियों दोनों की प्रसिद्ध तीर्थस्थली है-
(a) सारनाथ   (b) कौशाम्बी
(c) कुशीनगर   (d) देवीपाटन

128. महान धार्मिक घटना, महामस्ताभिषेक किससे सम्बन्धित है?
(a) बाहुबली   (b) बुद्ध
(c) महावीर   (d) नटराज

129. महावीर जैन ने किस भाषा में अपना प्रवचन दिया-
(a) पाली   (b) मगधी
(c) सूरसेनी   (d) अर्ध-मगधी

130. गौतम बुद्ध का जन्म कब हुआ था?
(a) 563 ई०पू०   (b) 558 ई०पू०
(c) 561 ई०पू०   (d) 544 ई०पू०

131. गौतम बुद्ध की माँ किस वंश से सम्बन्धित थी?
(a) शाक्य   (b) माया
(c) लिच्छवि   (d) कोलिय

132. किस राजवंश के अभिलेख से इस परम्परा का समर्थन होता है कि लुंबिनी शाक्यमुनि बुद्ध का जन्मस्थान था?
(a) मौर्य
(b) शुंग
(c) सातवाहन
(d) कुषाण

133. अशोक के कौन से अभिलेख में इस तथ्य की पुष्टि होती है कि गौतम बुद्ध का जन्म लुंबिनी में हुआ था?
(a) बसाढ़ स्तम्भ अभिलेख
(b) निगाली सागर स्तम्भ अभिलेख
(c) रामपुरवा अभिलेख
(d) रूमिनदेई अभिलेख

134. किस राजा के एक अभिलेख से सूचना मिलती है कि शाक्यमुनि बुद्ध का जन्म लुंबिनी में हुआ था?
(a) अशोक
(b) कनिष्क
(c) हर्ष
(d) धर्मपाल

135. महात्मा बुद्ध का 'महापरिनिर्वाण' कहाँ हुआ?
(a) लुंबिनी
(b) बोधगया
(c) कुशीनगर
(d) कपिलवस्तु

136. महात्मा बुद्ध का महापरिनिर्वाण किसके गणतन्त्र में हुआ था?
(a) मल्लों के
(b) लिच्छवियों के
(c) शाक्यों के
(d) पालों के

137. गौतम बुद्ध ने किस स्थान पर निर्वाण प्राप्त किया?
(a) कुशीनगर
(b) श्रावस्ती
(c) लुंबिनी
(d) सारनाथ

138. आलार कालाम कौन थे?
(a) बुद्ध के एक शिष्य
(b) एक प्रतिष्ठित बौद्ध भिक्षु
(c) बुद्धकालीन शासक
(d) बुद्ध के गुरु

139. महात्मा बुद्ध ने अपना पहला 'धर्म चक्रप्रवर्तन' किस स्थान पर दिया था?
(a) लुंबिनी
(b) सारनाथ
(c) पाटलिपुत्र
(d) वैशाली

140. धर्मचक्रप्रवर्तन क्या है?

(a) बुद्ध का दर्शन
(b) सारनाथ में दिया गया बुद्ध का प्रथम उपदेश
(c) उनके धार्मिक आदर्श
(d) बौद्ध अनुष्ठान

141. बुद्ध ने सर्वाधिक उपदेश कहाँ दिये थे?
(a) वैशाली
(b) श्रावस्ती
(c) कौशाम्बी
(d) राजगृह

142. बुद्ध कौशाम्बी किसके राज्य-काल में आये थे?
(a) शतानीक
(b) उदयन
(c) बोधि
(d) निचक्षु

143. प्रथम बौद्ध परिषद् का संचालन निम्नलिखित में से किसने किया?
(a) आनन्द
(b) महाकस्सप
(c) मोग्गलिपुत्र
(d) उपालि

144. कनिष्क के शासनकाल में बौद्ध सभा किस नगर में आयोजित की गयी थी?
(a) मगध
(b) पाटलिपुत्र
(c) कश्मीर
(d) राजगृह

145. किस शासक के काल में चतुर्थ बौद्ध संगीति का आयोजन कश्मीर में हुआ था?
(a) अशोक
(b) कालाशोक
(c) कनिष्क
(d) अजातशत्रु

146. प्रथम बौद्ध समिति का आयोजन किसके शासनकाल में हुआ था?
(a) उदयभद्र
(b) अजातशत्रु
(c) अनिरूद्ध
(d) बिंबिसार

147. सुमेल करें-

सूची-I	सूची-II
A. जन्म	1. बोधि वृक्ष
B. प्रथम प्रवचन	2. धर्मचक्रप्रवर्तन
C. महाबोधि	3. घोड़ा
D. त्याग	4. कमल

कूट:

	A	B	C	D
(a)	1	2	3	4
(b)	4	3	2	1
(c)	3	4	1	2
(d)	4	2	1	3

148. निम्नलिखित में कौन-सा बौद्ध पवित्र स्थल निरंजना नदी पर स्थित था?
(a) बोधगया   (b) कुशीनगर
(c) लुंबिनी   (d) ऋषिपत्तन

149. बौद्ध संघ में भिक्षुणी के रूप में स्त्रियों के प्रवेश की अनुमति बुद्ध द्वारा दी गयी थी-
(a) श्रावस्ती में   (b) वैशाली में
(c) राजगृह में   (d) कुशीनगर में

150. 'त्रिपिटक' क्या है?
(a) गांधी जी के तीन बंदर
(b) तीन देवता
(c) महावीर के तीन नगीने
(d) बुद्ध के उपदेशों का संग्रह

151. 'त्रिपिटक' ग्रन्थ किस धर्म से सम्बन्धित है?
(a) वैदिक धर्म   (b) बौद्ध धर्म
(c) जैन धर्म   (d) शैव धर्म

152. विश्व का सबसे ऊँचा 'विश्व शान्ति स्तूप' बिहार में कहाँ है?
(a) वैशाली   (b) नालंदा
(c) राजगीर   (d) पटना

153. किस स्तूप-स्थल, जिसका सम्बन्ध भगवान बुद्ध के जीवन की किसी घटना से नहीं रहा है, वह है-
(a) सारनाथ   (b) साँची
(c) बोधगया   (d) कुशीनारा

154. किसे 'एशिया के ज्योति पुंज' के तौर पर जाना जाता है?
(a) गौतम बुद्ध
(b) महात्मा गांधी
(c) महावीर स्वामी
(d) स्वामी विवेकानन्द

155. भारत में पहले मानव प्रतिमाओं की पूजा की गई वह थी-
(a) ब्रह्मा की   (b) विष्णु की
(c) बुद्ध की   (d) शिव की

156. देश में निम्न में से किससे मूर्ति पूजा की नींव रखी थी?

(a) जैन धर्म ने   (b) बौद्ध धर्म ने
(c) आजीविकों ने   (d) वैदिक धर्म ने

157. भूमिस्पर्श मुद्रा की सारनाथ बुद्ध मूर्ति सम्बन्धित है-
(a) मौर्यकाल से   (b) शुंगकाल से
(c) कुषाणकाल से   (d) गुप्तकाल से

158. प्रथम शताब्दी ईस्वी में किस भारतीय बौद्ध भिक्षुक को चीन भेजा गया था?
(a) असंग   (b) अश्वघोष
(c) वसुमित्र   (d) नागार्जुन

159. नागार्जुन किस बौद्ध संप्रदाय के थे?
(a) सौत्रांतिक   (b) वैभाषिक
(c) माध्यमिक   (d) योगाचार

160. बौद्ध शिक्षा का केन्द्र है-
(a) विक्रमशिला   (b) वाराणसी
(c) गिरनार   (d) उज्जैन

161. 'नव नालंदा महाविहार' किसके लिए विख्यात है?
(a) ह्वेनसांग स्मारक
(b) महावीर का जन्मस्थान
(c) पाली अनुसन्धान
(d) संग्रहालय

162. गौतम बुद्ध द्वारा अपने धर्म में दीक्षित किया जाने वाला अंतिम व्यक्ति कौन था?
(a) आनन्द   (b) सारिपुत्र
(c) भोग्गलायन   (d) सुभद्द

163. बुद्ध ने अपने जीवन की अंतिम वर्षा ऋतु कहाँ बितायी थी?
(a) श्रावस्ती   (b) वैशाली
(c) कुशीनगर   (d) सारनाथ

164. हीनयान अवस्था का विशालतम एवं सर्वाधिक विकसित शैलकृत चैत्य गृह स्थित है?
(a) पीतल खोरा   (b) जुन्नार
(c) कार्ले   (d) वेड़सा

165. द्वितीय बौद्ध समिति का आयोजन कहाँ हुआ था?
(a) राजगृह   (b) वैशाली
(c) पाटलिपुत्र   (d) काशी

166. गौतम बुद्ध का दूसरा नाम क्या है?
(a) पार्थ (b) प्रच्छन्न
(c) मिहिर (d) गुड़ाकेश

167. महात्मा बुद्ध के नैतिक एवं सिद्धान्त से सम्बन्धित प्रवचन संकलित है–
(a) विनय पिटक
(b) जातक कथाएँ
(c) अभिधम्म पिटक
(d) सुत्त पिटक

168. महापरिनिर्वाण मंदिर अवस्थित है–
(a) कुशीनगर (b) सारनाथ
(c) बोधगया (d) श्रावस्ती

169. नयनार कौन थे?
(a) शैव (b) शाक्य
(c) वैष्णव (d) सूर्योपासक

170. किस देवता को कला में हल लिए प्रदर्शित किया गया है?
(a) कृष्ण (b) बलराम
(c) कार्तिकेय (d) मैत्रेय

171. भागवत संप्रदाय में भक्ति के रूपों की संख्या है–
(a) 7 (b) 8
(c) 9 (d) 10

172. भागवत धर्म से सम्बन्धित प्राचीनतम अभिलेखीय साक्ष्य है–
(a) समुद्रगुप्त का इलाहाबाद अभिलेख
(b) हेलियोड़ोरस का बेसनगर अभिलेख
(c) स्कंदगुप्त का भितरी स्तम्भ लेख
(d) महरौली स्तम्भ अभिलेख

173. 'बेसनगर अभिलेख' का हेलियोडोरस कहाँ का निवासी था?
(a) पुष्कलावती (b) तक्षशिला
(c) साकल (d) मथुरा

174. भारत में आस्तिक और नास्तिक संप्रदायों में कौन-सा विभेदक लक्षण है?
(a) ईश्वरी सत्ता में आस्था
(b) पुनर्जन्म में आस्था
(c) वेदों की प्रामाणिकता में आस्था
(d) स्वर्ण तथा नरक में विश्वास

175. निम्न में कौन मोक्ष के साधन के रूप में जन्म, कर्म तथा भक्ति को समान महत्त्व देता है?
(a) अद्वैत वेदांत (b) विशिष्टाद्वैतवाद
(c) भगवतगीता (d) मीमांसा

176. निम्न में कौन अलवार संत था?
(a) पोथगई (b) तिरूज्ञान
(c) पूड़म (d) तिरूमंगई

177. भारत मे प्राप्त प्राचीनतम सिक्के–
(a) ताँबे के (b) सोने के
(c) रांगा के (d) चाँदी के

178. सोलह महाजनपद के युग में मथुरा इनमें से किसकी राजधानी थी?
(a) वज्जी (b) वत्स
(c) काशी (d) सूरसेन

179. पाटलिपुत्र के संस्थापक थे?
(a) उदयिन (b) अशोक
(c) बिंबिसार (d) महापद्मनंद

180. सुमेलित करें–

सूची-I	सूची-II
A. प्रद्योत	1. मगध
B. उदयन	2. वत्स
C. प्रसेनजित	3. अवंति
D. अजातशत्रु	4. कोसल

कूटः

	A	B	C	D
(a)	1	2	3	4
(b)	4	3	2	1
(c)	3	2	4	1
(d)	4	1	3	2

181. किस शासक द्वारा सर्वप्रथम पाटलिपुत्र का राजधानी के रूप में चयन किया गया?
(a) अजातशत्रु (b) कालाशोक
(c) उदयिन (d) कनिष्क

182. उदयन वासवदत्ता की दंतकथा कहाँ से सम्बन्धित है?
(a) उज्जैन (b) मथुरा
(c) महिष्मती (d) कौशाम्बी

183. विश्व का पहला गणतन्त्र वैशाली में किसके द्वारा स्थापित किया गया?
(a) मौर्य (b) नन्द
(c) गुप्त (d) लिच्छवि

184. सोलह महाजनपदों के विषय में निम्न में से किस बौद्धग्रन्थ में सूचना मिलती है?
(a) दीर्घनिकाय (b) त्रिपिटक
(c) दीपवंश (d) अगुंत्तर निकाय

185. महाभारत के अनुसार उत्तरी पांचाल की राजधानी स्थित थी–
(a) हस्तिनापुर (b) इन्द्रप्रस्थ
(c) अहिच्छत्र (d) मथुरा

186. छठवीं शताब्दी ई०पू० में शक्तिमती राजधानी स्थित थी–
(a) पांचाल की (b) कुरु की
(c) चेदि की (d) अवंति की

187. गोदावरी नदी के तट पर स्थित महाजनपद था–
(a) अवंति (b) वत्स
(c) अस्मक (d) कम्बोज

188. मगध की राजधानी कहाँ थी?
(a) प्रतिष्ठान
(b) वैशाली
(c) गिरिव्रज (राजगृह)
(d) चम्पा

189. निम्न में कौन एक मगध की राजधानी नहीं थी?
(a) गिरिव्रज (b) राजगृह
(c) पाटलिपुत्र (d) कौशाम्बी

190. प्राचीन श्रावस्ती का नगर विन्यास किस आकृति का है?
(a) वृत्ताकार (b) अर्धचन्द्राकार
(c) त्रिभुजाकार (d) आयताकार

191. मगध के किस प्रारम्भिक शासक ने राज्यारोहण के लिए अपने पिता की हत्या एवं इसी कारणवश अपने पुत्र द्वारा मारा गया?
(a) बिंबिसार (b) अजातशत्रु
(c) उदयिन (d) नागदशक

192. राजकुमार जो अपने पिता की मृत्यु के लिए उत्तरदायी था–
(a) अजातशत्रु (b) चन्दप्रद्योत
(c) प्रसेनजीत (d) उदयन

193. मालवा क्षेत्र पर मगध की सत्ता का विस्तार निम्न में से किसके शासनकाल में हुआ था?
(a) बिंबिसार (b) अजातशत्रु
(c) उदयभद्र (d) शिशुनाग

194. निम्नलिखित मगध राजवंशों को कालक्रमानुसार व्यवस्थित करें–
1. नंद वंश 2. शुंग वंश
3. मौर्य वंश 4. हर्यंक वंश
(a) 2, 1 4 व 3 (b) 4, 1, 3 एवं 2
(c) 3, 2, 1 एवं 4 (d) 1, 3, 4 एवं 2

195. गौतम बुद्ध के समय का प्रसिद्ध वैद्य जीवक किसके दरबार से सम्बन्धित था?
(a) बिंबिसार (b) चंड प्रद्योत
(c) प्रसेनजीत (d) उदयन

196. सुमेलित करें–

सूची-I	**सूची-II**
A. कुरु	1. साकेत
B. पांचाल	2. कौशाम्बी
C. कोशल	3. अहिच्छत्र
D. वत्स	4. इन्द्रप्रस्थ

कूट:

	A	B	C	D
(a)	1	2	3	4
(b)	4	3	1	2
(c)	3	4	2	1
(d)	4	2	3	1

197. अशोक के किस अभिलेख में पशु वध पर रोक लगायी गयी थी?
(a) शिला अभिलेख-I
(b) स्तम्भ लेख-V
(c) शिलालेख-IX
(d) शिला अभिलेख-XI

198. प्रथम भारतीय साम्राज्य किसके द्वारा स्थापित किया गया था?

(a) कनिष्क
(b) हर्ष
(c) चन्द्रगुप्त मौर्य
(d) चन्द्रगुप्त

199. किसके ग्रन्थ में चन्द्रगुप्त मौर्य का विशिष्ट रूप से वर्णन हुआ है, वह है–
(a) भास (b) शूद्रक
(c) विशाखदत्त (d) अश्वघोष

200. सैड्रोकोट्स से चन्द्रगुप्त मौर्य की पहचान किसने की?
(a) विलियम जोंस
(b) वी० स्मिथ
(c) आर०के० मुखर्जी
(d) बी०आर० अम्बेडकर

201. निम्न में से किसने सैंड्रोकोट्स और सिकन्दर महान की भेंट का उल्लेख किया है?
(a) प्लिनी (b) जस्टिन
(c) स्ट्रैबो (d) मेगास्थनीज

202. चाणक्य अपने बचपन में किस नाम से जाने जाते थे?
(a) अजय (b) चाणक्य
(c) विष्णुगुप्त (d) देवगुप्त

203. कौटिल्य का अर्थशास्त्र है, एक–
(a) चन्द्रगुप्त मौर्य के सम्बन्ध में नाटक
(b) आत्मकथा
(c) चन्द्रगुप्त मौर्य का इतिहास
(d) शासन के सिद्धान्तों की पुस्तक

204. मौर्यकाल में टैक्स छुपाने के लिए क्या दण्ड था?
(a) मृत्यु दण्ड
(b) सामानों की कुर्की
(c) कारावास
(d) उपर्युक्त में से कोई नहीं

205. कौटिल्य के 'अर्थशास्त्र' में किस पहलू पर प्रकाश डाला गया है?
(a) आर्थिक जीवन
(b) राजनीतिक नीतियाँ
(c) धार्मिक जीवन
(d) सामाजिक जीवन

206. किस प्राचीन नगर के अवशेष कुम्हरार स्थल से प्राप्त हुए हैं?
(a) वैशाली (b) पाटलिपुत्र
(c) कपिलवस्तु (d) श्रावस्ती

207. बुलंदीबाग प्राचीन स्थान था–
(a) कपिलवस्तु का
(b) पाटलिपुत्र का
(c) श्रावस्ती का
(d) वाराणसी का

208. किस मौर्य राजा ने दक्कन की विजय प्राप्त की थी?
(a) अशोक (b) चन्द्रगुप्त
(c) बिंदुसार (d) कुणाल

209. गुजरात चन्द्रगुप्त मौर्य के साम्राज्य में सम्मिलित था, यह प्रमाणित होता है–
(a) ग्रीक विवरण से
(b) रूद्रदामन के जूनागढ़ शिला अभिलेख से
(c) जैन परम्परा से
(d) अशोक के स्तम्भ लेख II से

210. सैल्यूकस, जिनको अलेक्जैंडर द्वारा सिंध एवं अफगानिस्तान का प्रशासक नियुक्त किया गया था, को किस भारतीय राजा ने हराया था?
(a) समुद्रगुप्त (b) अशोक
(c) बिंदुसार (d) चन्द्रगुप्त

211. सार्थवाह किसे कहते हैं?
(a) दलालों को
(b) व्यापारियों के काफिले को
(c) महाजनों को
(d) तीर्थयात्रियों को

212. सारनाथ स्तम्भ का निर्माण किया था–
(a) हर्षवर्धन (b) अशोक
(c) गौतम बुद्ध (d) कनिष्क

213. निम्न में से किसे सर्वश्रेष्ठ स्तूप मानते हैं?
(a) अमरावती (b) भरहुत
(c) साँची (d) सारनाथ

214. साँची स्तूप किसने बनवाया था?
(a) चन्द्रगुप्त (b) कौटिल्य
(c) गौतमबुद्ध (d) अशोक

215. निम्नांकित में से कौन-सा अशोक कालीन अभिलेख 'खरोष्ठी लिपि में है?
(a) कालसी (b) गिरनार
(c) शाहबाजगढ़ी (d) मेरठ

216. सुमेलित करें-

सूची-I (स्थान)	**सूची-II (स्मारक)**
A. कौशाम्बी	1. धमेख स्तूप
B. कुशीनगर	2. घोषिताराम मठ
C. सारनाथ	3. रामाभार स्तूप
D. श्रावस्ती	4. सहेत महेत

कूटः

	A	B	C	D
(a)	2	1	3	4
(b)	4	3	2	1
(c)	2	3	1	4
(d)	4	2	1	3

217. पत्थर पर प्राचीनतम शिलालेख किस भाषा में थे?
(a) पाली (b) संस्कृत
(c) प्राकृत (d) ब्राह्मी

218. ब्राह्मी लिपि का प्रथम उद्धवाचन किस पर उत्कीर्ण अक्षरों से किया गया?
(a) पत्थर की पट्टियों पर
(b) मुहरों पर
(c) स्तम्भों पर
(d) सिक्कों पर

219. ब्राह्मी लिपि को सर्वप्रथम किसने पढ़ा?
(a) ए० कनिंघम
(b) एच०एच० दानी
(c) ब्यूलर
(d) जेम्स प्रिंसेप

220. अशोक के शिलालेखों को पढ़ने वाला प्रथम अंग्रेज कौन था?
(a) जॉन टॉवर
(b) हैरी स्मिथ
(c) चार्ल्स मेटकॉफ
(d) जेम्स प्रिंसेप

221. अशोक के अभिलेखों को सर्वप्रथम सफलतापूर्वक किसने पढ़ा था?
(a) चार्ल्स विल्किंस
(b) दयाराम साहनी
(c) राखालदास बनर्जी
(d) जेम्स प्रिंसेप

222. वह स्थान, जहाँ प्राक् अशोक ब्राह्मी लिपि का पता चला है?
(a) नागार्जुनकोंडा
(b) अनुराधापुर
(c) ब्रह्मगिरि
(d) मास्की

223. निम्न अभिलेखों में से किस लेख में 'अशोक' नाम उल्लिखित है?
(a) भाब्रू
(b) तेरहवाँ शिलालेख
(c) रूम्मिनदेई
(d) मास्की

224. अशोक का रूम्मिनदेई स्तम्भ सम्बन्धित है—
(a) बुद्ध के जन्म से
(b) बुद्ध के ज्ञान प्राप्ति से
(c) बुद्ध के प्रथम उपदेश से
(d) बुद्ध के शरीर त्याग से

225. गुजर्रा लघु शिलालेख, जिसमें अशोक का नामोल्लेख किया गया है, कहाँ पर स्थित है?
(a) मिर्जापुर (b) दतिया
(c) जयपुर (d) चंपारण

226. कालसी प्रसिद्ध है—
(a) बौद्ध चैत्यों द्वारा
(b) फारसी सिक्कों के कारण
(c) अशोक के शिलालेख के कारण
(d) गुप्तकालीन मन्दिरों द्वारा

227. कालसी कहाँ है?
(a) उत्तर प्रदेश में (b) मध्य प्रदेश में
(c) बिहार में (d) उत्तराखंड में

228. अशोक के निम्न अभिलेखों में से पूर्णरूपेण धार्मिक सहिष्णुता के प्रति समर्पित कौन-सा अभिलेख है?
(a) शिलालेख-XIII
(b) शिलोलेख-XII
(c) स्तम्भलेख-VII
(d) भाब्रु लघुलेख

229. निम्न में से किस दक्षिणी राज्य का उल्लेख अशोक के अभिलेख में नहीं है?
(a) चोल (b) पाण्ड्य
(c) सतियुत्त (d) सातवाहन

230. टालेमी फिलाडेल्फस, जिसके साथ अशोक के राजनयिक सम्बन्ध थे, कहाँ का शासक था?
(a) साइरोन (b) मिस्र
(c) मकदूनिया (d) सीरिया

231. अशोक का समकालीन तुरमय कहाँ का राजा था?
(a) मिस्र (b) कोरिथ
(c) मेसीडोनिया (d) सीरिया

232. सिरिया एवं मिस्र के साथ राजकीय सम्बन्ध थे?
(a) चोल (b) गुप्त
(c) मौर्य (d) पल्लव

233. मेगास्थनीज ने भारतीय समाज को कितनी श्रेणियों में विभाजित किया?
(a) चार (b) पाँच
(c) छः (d) सात

234. वह स्रोत जिसमें पाटलिपुत्र के प्रशासन का वर्णन उपलब्ध है–
(a) दव्यिावदान
(b) अर्थशास्त्र
(c) इंडिका
(d) अशोक शिलालेख

235. मौर्य काल में भूमि कर, जो कि राज्य की आय का मुख्य स्रोत था, किस अधि कारी द्वारा एकत्रित किया जाता था?
(a) अग्रोनोमाई (b) शुल्काध्यक्ष
(c) सीताध्यक्ष (d) अक्राध्यक्ष

236. मौर्य मंत्रिपरिषद् में राजस्व कौन इकट्ठा करता था?
(a) समाहर्ता (b) व्यभारिका
(c) अंतपाल (d) प्रदेष्टा

237. निम्नलिखित में से कौन मौर्यकालीन अधिकारी तौल-माप का प्रभारी था?
(a) पौतवाध्यक्ष (b) पव्याध्यक्ष
(c) सीताध्यक्ष (d) सूनाध्यक्ष

238. मौर्यकाल में शिक्षा का सर्वाधिक प्रसिद्ध केन्द्र था–
(a) वैशाली (b) नालन्दा
(c) तक्षशिला (d) उज्जैन

239. मौर्यकाल में 'सीता कर' लागू होता था–
(a) जंगली भूमि पर
(b) व्यक्तिगत भूमि पर कर
(c) राज्य स्वामित्व वाली कृषि भूमि पर
(d) b एवं c दोनों

240. अन्तिम मौर्य सम्राट था?
(a) जालौक (b) अवंति वर्मा
(c) नन्दीवर्धन (d) वृहद्रथ

241. निम्न में से कौन अन्य तीनों का समसामयिक नहीं था?
(a) बिंबिसार (b) गौतम बुद्ध
(c) मिलिंद (d) प्रसेनजीत

242. गिरनार में झील का निर्माण किसने करवाया था?
(a) चन्द्रगुप्त मौर्य (b) अशोक
(c) रुद्रदामन (d) स्कन्दगुप्त

243. किस अभिलेख में चन्द्रगुप्त और अशोक दोनों का उल्लेख है?
(a) गौतमीपुत्र सातकर्णी की नासिक प्रशस्ति
(b) रुद्रदामन का जूनागढ़ अभिलेख
(c) अशोक का गिरनार अभिलेख
(d) स्कन्दगुप्त का जूनागढ़ अभिलेख

244. अशोक राम विहार किस स्थान पर है?
(a) वैशाली (b) पाटलिपुत्र
(c) कौशाम्बी (d) श्रावस्ती

245. शंख लिपि के लेख किस स्थल के स्तूप अवशेष से प्राप्त हुए हैं?
(a) भरहुत (b) देऊर-कुठार
(c) अमरावती (d) सारनाथ

246. चन्द्रगुप्त मौर्य ने सेल्युकस को किस वर्ष हराया था?
(a) 317 ई०पू० (b) 315 ई०पू०
(c) 305 ई०पू० (d) 300 ई०पू०

247. निम्न में राज्य के सप्तांग सिद्धान्त के अनुसार राज्य का सातवाँ अंग क्या था?
(a) जनपद (b) दुर्ग
(c) मित्र (d) कोश

248. निम्नलिखित में से किस स्रोत में उल्लिखित है कि प्राचीन भारत में दासता नहीं थी?
(a) अर्थशास्त्र (b) मुद्राराक्षस
(c) इण्डिका (d) वायुपुराण

249. किस आयुर्वेदाचार्य में तक्षशिला विश्वविद्यालय में शिक्षा प्राप्त की थी?
(a) सुश्रुत (b) वाग्भट्ट
(c) चरक (d) जीवक

250. कलिंग युद्ध का विवरण हमें ज्ञात होता है–
(a) 13वें शिलालेख
(b) रुम्मिनदेई स्तम्भ लेख
(c) ह्वेनसांग के विवरण
(d) प्रथम लघु शिलालेख

251. भारत का प्रथम अस्पताल एवं औषधि बाग का निर्माण कराया था?
(a) अशोक (b) चन्द्रगुप्त मौर्य
(c) महावीर (d) धन्वंतरि

252. प्राचीनतम उपलब्ध भारतीय सिक्के किस धातु से बने थे?
(a) सोना (b) चाँदी
(c) ताँबा (d) चाँदी और ताँबा

253. उत्तरी तथा उत्तरी-पश्चिमी भारत में सर्वाधिक संख्या में ताँबा के सिक्कों को जारी किया था–
(a) इंडो-ग्रीकों ने (b) कुषाणों ने
(c) शकों ने (d) प्रतिहारों ने

254. बुद्ध का किसके सिक्कों पर अंकन हुआ है?
(a) विम कुडफिसेस
(b) कनिष्क
(c) नहपाण
(d) बुधगुप्त

255. सर्वप्रथम सोने के सिक्के किसने जारी किया?
(a) कुजुल कुडफिसेस
(b) विम कडफिसेस
(c) कनिष्क
(d) हुविष्क

256. यौधेय सिक्कों पर किस देवता का अंकन मिलता है?
(a) वासुदेव (b) मित्र
(c) इन्द्र (d) कार्तिकेय

257. विक्रम एवं शक संवतों में कितने वर्षों का अन्तर है?
(a) 57 वर्ष (b) 78 वर्ष
(c) 135 वर्ष (d) 320 वर्ष

258. निम्न में कौन-सा वर्ष दिसम्बर, 2009 में शक संवत का वर्ष होगा?
(a) 1531 (b) 1552
(c) 2066 (d) 2087

259. अश्वघोष किसका समकालीन था?
(a) अशोक (b) चन्द्रगुप्त द्वितीय
(c) कनिष्क (d) हर्षवर्धन

260. निम्न में कौन कनिष्क के दरबार से सम्बद्ध नहीं था?
(a) अश्वघोष (b) चरक
(c) नागार्जुन (d) पतंजलि

261. निम्न में कौन कनिष्क प्रथम के दरबार में नहीं गया था?
(a) अश्वघोष (b) पार्श्व
(c) वसुमित्र (d) विशाखदत्त

262. सिमुक किस वंश का संस्थापक था?
(a) चेर (b) चोल
(c) पाण्ड्य (d) सातवाहन

263. किस चीनी जनरल ने कनिष्क को हराया था?

(a) पान चाऊ (b) पान यांग
(c) शी हुआंग टी (d) हो टी

264. किस वंश के साम्राज्य की सीमाएँ भारत के बाहर तक फैली थी?
(a) गुप्त वंश
(b) मौर्य वंश
(c) कुषाण वंश
(d) उपरोक्त में से कोई नहीं

265. भारतीय और यूनानी ग्रीक के मिश्रण को कहते हैं–
(a) शिखर (b) वेरा
(c) गंधार (d) नागर

266. प्राचीनकाल के भारत पर आक्रमण के सम्बन्ध में सही कालानुक्रम है–
(a) यूनानी-शक-कुषाण
(b) यूनानी-कुषाण-शक
(c) शक-यूनानी-कुषाण
(d) शक-कुषाण-यूनानी

267. निम्न राजवंशों में सबसे पुराना राजवंश था–
(a) चालुक्य (b) पल्लव
(c) राष्ट्रकूट (d) सातवाहन

268. आन्ध्र सातवाहन राजाओं की सबसे लंबी सूची किस पुराण में मिलती है?
(a) वायु पुराण
(b) विष्णु पुराण
(c) मत्स्य पुराण
(d) उपरोक्त में कोई नहीं

269. सातवाहनों की राजधानी अवस्थित थी–
(a) अमरावती (b) नांदेड़
(c) नालदुर्ग (d) दुर्ग

270. कौन-सा स्थान सातवाहनों की राजधानी था?
(a) प्रतिष्ठान
(b) नागार्जुन कोंडा
(c) शकल तला स्यालकोल
(d) पाटलिपुत्र

271. कलिंग नरेश खारवेल किस वंश से सम्बन्धित था?
(a) चेदि (b) कदंब
(c) कलिंग (d) हर्यंक

272. निम्न राजाओं में किसका जैन धर्म के प्रति भारी झुकाव था?
(a) दशरथ
(b) वृहद्रथ
(c) खारवेल
(d) हुविष्क

273. बिना बेगार के किसने सुदर्शन झील का जीर्णोद्धार कराया था?
(a) चन्द्रगुप्त मौर्य (b) बिंदुसार
(c) अशोक (d) रुद्रदामन प्रथम

274. कनिष्क के सारनाथ बौद्ध प्रतिमा अभिलेख की तिथि क्या है?
(a) 178 ई० सन् (b) 81 ई० सन्
(c) 98 ई० सन् (d) 121 ई० सन्

275. भागलिया की मुद्राएँ निम्नलिखित से प्राप्त हुए हैं–
(a) नासिक
(b) कौशाम्बी
(c) गोदावरी–कृष्णा घाटी
(d) नर्मदा घाटी

276. निम्न में किस नगर का उल्लेख कनिष्क के अब तक के अभिलेख में नहीं है?
(a) श्रावस्ती
(b) कौशाम्बी
(c) पाटलिपुत्र
(d) चम्पा

277. बौद्ध ग्रन्थ मिलिन्दपन्हो किस हिन्द–यवन शासक पर प्रकाश डालता है?
(a) डायोडोत्स-II (b) डेमेड्रियस
(c) मिनेण्डर (d) स्ट्रैटो-I

278. पृथिव्या प्रथम वीर उपाधि थी?
(a) समुद्रगुप्त
(b) राजेन्द्र प्रथम
(c) अमोघवर्ष
(d) गौतमीपुत्र शातकर्णी

279. गुप्त साम्राज्य द्वारा निम्न में से किन्हें कर रहित कृषि भूमि प्रदान की जाती थी?
(a) सैन्य अधिकारियों
(b) सिविल अधिकारियों
(c) ब्राह्मणों
(d) दरबारी विद्वानों

280. निम्नलिखित शासकों में से किस एक ने चार अश्वमेघ यज्ञ का आयोजन किया?
   (a) पुष्यमित्र   (b) प्रवरसेन प्रथम
   (c) समुद्रगुप्त   (d) चन्द्रगुप्त द्वितीय

281. मोहदया किसका पुराना नाम है?
   (a) इलाहाबाद   (b) खजुराहो
   (c) कन्नौज   (d) पटना

282. 'भारत का नेपोलियन' किसे कहा जाता है?
   (a) चन्द्रगुप्त मौर्य
   (b) चन्द्रगुप्त द्वितीय विक्रमादित्य
   (c) अशोक महान
   (d) समुद्रगुप्त

283. किस गुप्त राजा का एक अन्य नाम देवगुप्त था?
   (a) समुद्रगुप्त
   (b) चन्द्रगुप्त द्वितीय
   (c) कुमारगुप्त
   (d) उपर्युक्त में से कोई नहीं

284. प्रथम गुप्त शासक जिसने 'परम भागवत' की उपाधि धारण की वह था–
   (a) चन्द्रगुप्त प्रथम (b) समुद्रगुप्त
   (c) चन्द्रगुप्त द्वितीय (d) श्रीगुप्त

285. इलाहाबाद स्तम्भ लेख किसके सम्बद्ध है?
   (a) महापद्मनंद   (b) चन्द्रगुप्त मौर्य
   (c) अशोक   (d) समुद्रगुप्त

286. प्रयाग प्रशस्ति किसके सैन्य अभियान के बारे में जानकारी देती है?
   (a) चन्द्रगुप्त प्रथम (b) समुद्रगुप्त
   (c) चन्द्रगुप्त द्वितीय (d) कुमारगुप्त

287. हूणों ने भारत पर आक्रमण किया था–
   (a) चन्द्रगुप्त द्वितीय के शासनकाल में
   (b) कुमारगुप्त प्रथम के शासनकाल में
   (c) स्कन्दगुप्त के शासनकाल में
   (d) बुधगुप्त के शासनकाल में

288. निम्न में से किस गुप्त शासकों ने हूणों पर विजय प्राप्त की?
   (a) चन्द्रगुप्त द्वितीय
   (b) कुमारगुप्त प्रथम
   (c) स्कन्दगुप्त
   (d) भानुगुप्त

289. इलाहाबाद का अशोक स्तम्भ किसके शासन की सूचना देता है?
   (a) चन्द्रगुप्त मौर्य
   (b) चन्द्रगुप्त प्रथम
   (c) चन्द्रगुप्त द्वितीय
   (d) समुद्रगुप्त

290. निम्न में से किस गुप्त शासक ने हूणों पर विजय प्राप्त की?
   (a) चन्द्रगुप्त द्वितीय
   (b) कुमारगुप्त प्रथम
   (c) स्कन्दगुप्त
   (d) भानुगुप्त

291. 'शक-विजेता' किसे माना जाता है?
   (a) चन्द्रगुप्त प्रथम
   (b) समुद्रगुप्त
   (c) चन्द्रगुप्त द्वितीय
   (d) कुमारगुप्त

292. गुप्त काल में गुजरात, बंगाल, दक्कन एवं तमिल राष्ट्र में स्थित केन्द्र किससे सम्बन्धित थे?
   (a) वस्त्र उत्पादन
   (b) बहुमूल्य मणि एवं रत्न
   (c) हस्तशिल्प
   (d) अफीम खेती

293. चन्द्रगुप्त के नौ रत्नों में से कौन फलित-ज्योतिष से सम्बन्धित था?
   (a) वररूची   (b) शंकु
   (c) क्षपणक   (d) अमरसिंह

294. निम्न में से किस गुप्त शासक ने सर्वप्रथम सिक्के जारी किये?
   (a) चन्द्रगुप्त प्रथम
   (b) घटोत्कच
   (c) समुद्रगुप्त
   (d) श्रीगुप्त

295. सती प्रथा का प्रथम अभिलेख साक्ष्य प्राप्त हुआ है–
   (a) एरण से   (b) जूनागढ़ से
   (c) मंदसौर से   (d) साँची से

296. प्राचीन भारत में किस वंश का शासनकाल 'स्वर्ण युग' कहा जाता है?
(a) मौर्य (b) शुंग
(c) गुप्त (d) मगध

297. प्राचीन भारत में सिंचाई कर को कहते थे–
(a) बिदक भागम (b) हिरण्य
(c) उदरंग (d) उपरनिका

298. शतरंज का खेल शुरु हुआ था–
(a) चीन में (b) ईरान में
(c) इंडोनेशिया में (d) भारत में

299. 'सांख्य' दर्शन प्रतिपादित किया गया है–
(a) गौतम द्वारा (b) जेमिनी द्वारा
(c) कपिल द्वारा (d) पतंजलि द्वारा

300. योग दर्शन के प्रतिपादक हैं–
(a) पतंजलि (b) गौतम
(c) जैमनि (d) शंकराचार्य

301. 'पतजंलि' के लेखक समसामयिक थे–
(a) चन्द्रगुप्त मौर्य के
(b) अशोक के
(c) पुष्यमित्र शुंग के
(d) चन्द्रगुप्त प्रथम के

302. न्याय दर्शन को प्रचारित किया था–
(a) चार्वाक ने (b) गौतम ने
(c) कपिल ने (d) जैमिनी ने

303. मीमांसा के प्रणेता थे–
(a) कणाद (b) वशिष्ठ
(c) विश्वामित्र (d) जैमिनी

304. पुराणों के अनुसार चन्द्रवंशीय शासकों का मूल स्थान था–
(a) काशी (b) अयोध्या
(c) प्रतिष्ठानपुर (d) श्रावस्ती

305. मौखरि शासकों की राजधानी कहाँ थी?
(a) थानेश्वर
(b) कन्नौज
(c) पुरुषपुर
(d) उपर्युक्त में से कोई नहीं

306. 'हर्षचरित' नामक पुस्तक किसने लिखी?
(a) आर्यभट्ट (b) बाणभट्ट
(c) विष्णुगुप्त (d) परिमलगुप्त

307. हर्षवर्धन ने बौद्ध महासम्मेलन का आयोजन किया था–
(a) काशी (b) प्रयाग
(c) अयोध्या (d) सारनाथ

308. नर्मदा नदी पर सम्राट हर्ष के दक्षिणवर्ती आगमन को रोका–
(a) पुलकेशिन I ने
(b) पुलकेशिन II ने
(c) विक्रमादित्य I ने
(d) विक्रमादित्य II ने

309. ह्वेनसांग किसके शासनकाल में भारत आया था?
(a) चन्द्रगुप्त II (b) सम्राट हर्ष
(c) चन्द्रगुप्त मौर्य (d) चन्द्रगुप्त I

310. हर्ष के दरबार में ह्वेनसांग को एक दूत के रूप में किसने भेजा था?
(a) ताई सुंग
(b) तुंग-कुआन
(c) कू चेन-बू
(d) उपर्युक्त में से कोई नहीं

311. चीनी यात्री ह्वेनसांग ने किस विश्वविद्यालय में अध्ययन किया था?
(a) तक्षशिला (b) विक्रमशिला
(c) मगध (d) नालंदा

312. 'कौशेय' शब्द का प्रयोग किया गया है–
(a) कपास के लिए
(b) सन के लिए
(c) रेशम के लिए
(d) ऊन के लिए

313. चीनी यात्री जिसने भीनमाल की यात्रा की थी–
(a) फाह्यान (b) संगयुन
(c) ह्वेनसांग (d) इरसिंग

314. बौद्ध गुफा मन्दिरों के लिए कौन स्थान प्रसिद्ध है?
(a) एलीफेंटा (b) नालंदा
(c) अजंता (d) खजुराहो

315. किस अभिलेख से ज्ञात होता है कि स्कंदगुप्त ने हूणों को पराजित किया था?
(a) भितरी स्तम्भ लेख
(b) इलाहाबाद स्तम्भ लेख
(c) मन्दसौर अभिलेख
(d) उदयगिरि अभिलेख

316. अजंता की किस गुफा में 'मरणासन्न राजकुमार' का दृश्य अंकित है?
(a) गुफा संख्या 1
(b) गुफा संख्या 9
(c) गुफा संख्या 10
(d) गुफा संख्या 16

317. गुप्तकाल में उत्तर भारतीय व्यापार निम्न में से किस बंदरगाह से संचालित होता था?
(a) भरूच (b) कल्याण
(c) खंभात (d) ताम्रलिप्ति

318. निम्न में से किस दर्शन का मत है कि वेद शाश्वत सत्य है?
(a) सांख्य (b) वैशेषिक
(c) मीमांसा (d) योग

319. निम्नलिखित युग्मों में कौन एक भारतीय षड्दर्शन का हिस्सा नहीं है?
(a) मीमांसा और वेदांत
(b) न्याय और वैशेषिक
(c) लोकायत और कापालिक
(d) सांख्य और योग

320. चीनी लेखक भारत का उल्लेख किस नाम से करते हैं?
(a) फो-क्यो-की (b) चिन-तू
(c) सि-यू-की (d) सिकिया-पोनो

321. वल्लभी विश्वविद्यालय स्थित था–
(a) बिहार में (b) उत्तर प्रदेश में
(c) बंगाल में (d) गुजरात में

322. हर्ष ने निम्न में से किन रचनाओं का लेखन किया?
1. प्रियदर्शिका 2. नागानंद
3. हर्षचरित 4. रत्नावली
(a) 1, 2, 3 और 4
(b) 1, 2, और 4
(c) 1, 2 और 3
(d) 2 और 3

323. नालंदा विश्वविद्यालय का संस्थापक कौन था?
(a) चन्द्रगुप्त विक्रमादित्य
(b) कुमारगुप्त
(c) धर्मपाल
(d) पुष्यगुप्त

324. उस गुप्त और वकाटक रानी का नाम उल्लेख कीजिए, जिसने अनुदान स्वरूप भूमि दी–
(a) कुबेरनाग (b) प्रभावती गुप्त
(c) कुमारदेवी (d) दत्ता देवी

325. गुप्त साम्राज्य के पतन का कारण निम्न में से कौन नहीं था?
(a) हूण आक्रमण
(b) प्रशासन का सामंतीय ढाँचा
(c) उत्तरवर्ती गुप्तों का बौद्ध धर्म स्वीकार करना
(d) अरब आक्रमण

326. 'मृच्छकटिकम्' किसकी रचना थी?
(a) शूद्रक (b) वसुमित्र
(c) भारवि (d) भामह

327. 'किरातार्जुनीयम्' किसकी रचना है?
(a) भारवि (b) चन्द्र
(c) अमरसिंह (d) कुमारदास

328. 'महाविभाष' किसकी रचना है?
(a) बसुमित्र (b) भामह
(c) अमरसिंह (d) ब्रह्मगुप्त

329. 'पंचसिद्धांतिका' किसकी रचना है?
(a) वराहमिहिर (b) ब्रह्मगुप्त
(c) नागार्जुन (d) बाणभट्ट

330. 'सी-यू-की' किसका यात्रा वृत्तान्त है?
(a) ह्वेनसांग (b) फाह्यान
(c) मेगास्थनीज (d) इत्सिंग

331. 'सांख्यकारिका' के लेखक कौन थे?
(a) ईश्वर कृष्ण (b) पतंजलि
(c) कणाद (d) जैमिनी

332. 'योगसूत्र' किसकी रचना है?
(a) पतंजलि (b) जैमिनी
(c) वात्स्यायन (d) गौतम

333. 'कुमारसंभव' किसकी रचना है?
(a) कालिदास (b) तिरुवल्लुर
(c) कणाद (d) गौतम

334. 'माध्यमिक सूत्र' किसकी रचना है?
(a) नागार्जुन (b) प्लिनी
(c) कालिदास (d) जैमिनी

335. 'इण्डिका' किसकी रचना है?
(a) मेगास्थानीज (b) प्लिनी
(c) स्ट्रैबो (d) टॉल्मी

336. 'भारत का आईंस्टीन किसको कहते हैं?
(a) नागार्जुन (b) अश्वघोष
(c) कालिदास (d) धन्वंतरि

337. 'भारत का मिल्टन' किसे कहते हैं?
(a) अश्वघोष (b) कालिदास
(c) कौटिल्य (d) ब्रह्मगुप्त

338. 'भारत का मैकियावेली' किसे कहते हैं?
(a) कौटिल्य (b) अश्वघोष
(c) नागार्जुन (d) समुद्रगुप्त

339. 'भारत का कान्ट' किसे कहते हैं–
(a) धर्मकीर्ति (b) अश्वघोष
(c) कालिदास (d) कौटिल्य

340. 'भारत का शेक्सपियर' किसे कहते हैं?
(a) कालिदास (b) अश्वघोष
(c) धन्वंतरि (d) अज्ञात

341. 'भारत का न्यूटन' किसे कहते हैं?
(a) ब्रह्मगुप्त (b) समुद्रगुप्त
(c) धर्मकिर्ती (d) अश्वघोष

342. 'भारतीय आयुर्वेद का पिता' किसे कहते हैं?
(a) धन्वंतरि (b) हाल
(c) नक्कीरर (d) नागार्जुन

343. 'संस्कृत नाटक का पिता' किसे कहते हैं?
(a) अश्वघोष (b) हाल
(c) कालिदास (d) देवर

344. इतिहास का जनक किसे कहते हैं?
(a) हेरोडोटस (b) प्लिनी
(c) टॉल्मी (d) इरेस्टोस्पनिज

345. 'भारत का कांस्टेंटाइन' किसे कहते हैं?
(a) अशोक (b) वेदव्यास
(c) घनानंद (d) कालाशोक

346. भारतीय पुरातत्व का जनक किसे कहते हैं?
(a) कनिंघम (b) पाणिनी
(c) लार्ड मेयो (d) डफरिन

347. 'शिलादित्य' किसका उपनाम है?
(a) हर्षवर्धन (b) कुमारगुप्त
(c) स्कंदगुप्त (d) समुद्रगुप्त

348. 'शकारि' किसका उपनाम है?
(a) चन्द्रगुप्त II (b) कुमारगुप्त
(c) हर्षवर्धन (d) घनानंद

349. 'देवानामपियदस्सी' किसका उपनाम है?
(a) अशोक (b) बिन्दुसार
(c) घनानंद (d) स्कंदगुप्त

350. 'अमित्रघात' के नाम से कौन विख्यात था?
(a) बिन्दुसार (b) बिम्बिसार
(c) घनानंद (d) हर्षवर्धन

351. 'श्रोणिक' किस शासक का उपनाम था?
(a) बिम्बिसार (b) अजातशत्रु
(c) घनानंद (d) बिन्दुसार

352. 'रुम्मिनदेई' स्थान को और कौन-से नाम से जानते हैं?
(a) लुम्बिनी (b) कालीबंगा
(c) वाराणसी (d) नदिया

353. प्राचीन भारत में 'मंदिरों का नगर' किसे कहते हैं?
(a) एहोल (b) नदिया
(c) वाराणसी (d) साँची

354. प्राचीन भारत में 'योगिनीपुर' से प्रसिद्ध कौन नगर था–
(a) दिल्ली (b) उज्जैन
(c) कन्नौज (d) अजन्ता

355. 'पालिब्रोथा' किस नगर का दूसरा नाम था?
(a) पाटलिपुत्र (b) साँची
(c) कल्याण (d) एरण

356. 'मृतकों का टीला' किस नगर का शाब्दिक अर्थ है?
(a) हड़प्पा
(b) मोहनजोदड़ो
(c) कालीबंगा
(d) जौनपुर

357. 'शक संवत्' कब प्रारंभ हुआ?
(a) 78 ई०
(b) 58 ई०
(c) 135 ई०
(d) 78 ई०पू०

358. विक्रम संवत् कब प्रारंभ हुआ?
(a) 57 ई०पू०
(b) 58 ई०पू०
(c) 58 ई०
(d) 57 ई०

359. मुबंई से 6 मील दूर धारानगरी में स्थित कौन-सी गुफाएँ हैं?
(a) एलोरा
(b) एलीफैण्टा
(c) कन्हेरी
(d) इनमें से कोई नहीं

360. 'रावण की खाई' कहाँ स्थित है?
(a) एलोरा
(b) एलीफैण्टा
(c) कन्हेरी
(d) तंजौर

361. चोलों द्वारा घनिष्ठ राजनीतिक तथा वैवाहिक सम्बन्ध स्थापित किया गया?
(a) वेंगी के चालुक्य
(b) कल्याणी के चालुक्य
(c) बादामी के चालुक्य
(d) इनमें से कोई नहीं

362. चोल राज्य की राजधानी कहाँ थी?
(a) तंजौर
(b) मदुरई
(c) एलोरा
(d) कन्हेरी

363. चोल साम्राज्य का संस्थापक है–
(a) विजयालय
(b) आदित्य I
(c) रामराजा I
(d) राजेन्द्र I

364. चोल साम्राज्य की स्थापना कब हुई?
(a) 750 ई०
(b) 846 ई०
(c) 950 ई०
(d) 1050 ई०

365. ऋग्वेद पर टीका की रचना किसने की?
(a) कम्बन
(b) कुट्टन
(c) पुगलेन्दि
(d) वेंकटमाधव

366. विक्रमशिला विश्वविद्यालय का संस्थापक था–

(a) गोपाल
(b) देवपाल
(c) धर्मपाल
(d) महिपाल

367. कायस्थों का एक जाति के रूप में प्रथम उल्लेख कहाँ मिलता है?
(a) याज्ञवल्क्य स्मृति
(b) पराशर स्मृति
(c) ओशनम् स्मृति
(d) स्कंद पुराण

368. पाल वंश का संस्थापक कौन था?
(a) गोपाल
(b) धर्मपाल
(c) देवपाल
(d) ध्रुव

369. पाल वंश की राजधानी थी–
(a) मुंगेर
(b) कन्नौज
(c) दिल्ली
(d) इनमें से कोई नहीं

370. किस पर स्वामित्व के लिए त्रिपक्षीय संघर्ष हुआ?
(a) पाटलिपुत्र
(b) कन्नौज
(c) दिल्ली
(d) इनमें से कोई नहीं

371. राष्ट्रकूट वंश का संस्थापक कौन था?
(a) दन्तिदुर्ग
(b) गोविन्द III
(c) कृष्ण I
(d) इन्द्र III

372. राष्ट्रकूट वंश की राजधानी थी–
(a) मान्यखेत
(b) कन्नौज
(c) दिल्ली
(d) पाटलिपुत्र

373. 'दायभाग' के रचयिता थे–
(a) विज्ञानेश्वर
(b) मनु
(c) जीमूतवाहन
(d) इनमें से कोई नहीं

374. सुमेलित करें–

सूची-I	सूची-II
A. नागर शैली	1. उत्तरी भारत में हिमाचल से विंध्य तक
B. बेसर शैली	2. विंध्य से कृष्णा तक

C. द्रविड़ शैली 3. कृष्णा के दक्षिण में कन्याकुमारी तक

कूट:

	A	B	C
(a)	1	2	3
(b)	3	2	1
(c)	2	1	3
(d)	3	1	2

375. खजुराहो के मंदिरों का सम्बन्ध है–
(a) शैव संप्रदाय से
(b) वैष्णव संप्रदाय से
(c) जैन संप्रदाय से
(d) a, b, c तीनों से

376. सुमेलित करें–

सूची-I	सूची-II
A. विष्णु मंदिर, खजुराहो	1. यशोवर्मा
B. कंदरिया महादेव, खजुराहो	2. धंग
C. विमलवसही मंदिर मजुराहो	3. विमल शाह वैरव
D. देवरानी-जेठानी मंदिर आबू	4. तेजपाल व वस्तुपाल

कूट:

	A	B	C	D
(a)	1	2	3	4
(b)	2	1	3	4
(c)	1	2	4	3
(d)	4	3	2	1

377. सुमेलित कीजिए–

सूची-I	सूची-II
A. मच्छेन्द्रनाथ का मंदिर	1. अमरकण्टक
B. 64 योगिनी का मंदिर	2. भेड़ाघाट
C. सूर्य मंदिर	3. मोढ़ेरा
D. चौमुख मंदिर	4. पालिताना

कूट:

	A	B	C	D
(a)	4	3	2	1

(b)	1	2	3	4
(c)	2	1	3	4
(d)	1	2	4	3

378. भुवनेश्वर का प्रधान मंदिर है–
(a) राजा रानी मंदिर
(b) कन्दरिया महादेव
(c) त्रिभुवनेश्वर लिंगराज
(d) मुक्तेश्वर

379. दिलवाड़ा मंदिर कहाँ स्थित है?
(a) श्रवणबेलगोला (b) पारसनाथ पर्वत
(c) इंदौर (d) आबू पर्वत

380. खजुराहो मंदिरों का निर्माण किसने किया था?
(a) होल्कर (b) सिंधिया
(c) बुंदेला (d) चंदेल

381. विजय स्तंभ कहाँ स्थित है?
(a) दिल्ली (b) झाँसी
(c) चित्तौड़गढ़ (d) सीकरी

382. लिंगराज मंदिर की नींव डाली थी–
(a) ययाति केसरी
(b) लालातेन्दु केसरी
(c) नरसिंहदेव
(d) प्रताप रुद्रदेव

383. ब्लैक पगौड़ा है–
(a) मिस्र में (b) श्रीलंका में
(c) कोणार्क में (d) मदुरै में

384. भारत पर पहली बार आक्रमण करने वाला कौन था?
(a) अफगान (b) मंगोल
(c) अरब (d) तुर्क

385. 'पृथ्वीराज रासो' किसने लिखा?
(a) भवभूति (b) जयदेव
(c) चंदबरदाई (d) बाणभट्ट

386. भुवनेश्वर तथा पुरी के मंदिर किस शैली से निर्मित हैं?
(a) नागर
(b) द्रविड़
(c) बेसर
(d) इनमें से कोई नहीं

387. पुरी में स्थित कोणार्क मंदिर का निर्माण किसने किया?
(a) नरसिंह I (b) कपिलेन्द्र
(c) पुरुषोत्तम (d) चोद गंग

388. तमिल काव्य का 'इलयिड्' कहा जाता है–
(a) तोल्लकप्पियम
(b) कुरल
(c) शिलप्पदिकारमू
(d) मणिमेकलई

389. भगवद्गीता का अंग्रेजी अनुवाद किया था?
(a) विलियम जोन्स
(b) चार्ल्स विल्किन्स
(c) कनिंघम
(d) जॉन मार्शल

390. प्राचीन नगर तक्षशिला किसके बीच स्थित था?
(a) सिंधु व झेलम
(b) झेलम व चेनाब
(c) चेनाब वरावी
(d) रावी व व्यास

391. काव्य शैली का प्राचीनतम नमूना किसके अभिलेख में मिलता है?
(a) रुद्रदामन के
(b) अशोक के
(c) राजेन्द्र I के
(d) इनमें से कोई नहीं

392. 'हितोपदेश' के लेखक हैं–
(a) बाणभट्ट (b) भवभूति
(c) नारायण पंडित (d) विष्णु शर्मा

393. 'नाट्यशास्त्र की रचना किसने की?
(a) वसुमित्र (b) अश्वघोष
(c) भरत मुनि (d) वात्स्यायन

394. अंकोरवाट कहाँ स्थित है?
(a) वियतनाम (b) तिब्बत
(c) इंडोनेशिया (d) कम्बोडिया

395. शून्य की खोज किसने की?
(a) वराहमिहिर
(b) आर्यभट्ट
(c) भास्कर
(d) इनमें से कोई नहीं

396. तमिल का गौरवग्रन्थ 'जीवक चिन्तामणि' किससे सम्बन्धित है?
(a) जैन (b) बौद्ध
(c) हिन्दू (d) ईसाई

397. निम्न में किसका उल्लेख संगम साहित्य में नहीं हुआ है?
(a) कदम्ब (b) चेर
(c) चोल (d) पाण्ड्य

398. मानव द्वारा सर्वप्रथम प्रयुक्त अनाज था–
(a) गेहूँ (b) चावल
(c) जौ (d) बाजरा

399. किस पुस्तक का 15 भारतीय और 40 विदेशी भाषाओं में अनुवाद किया जा चुका है?
(a) हितोपदेश
(b) अभिज्ञान शाकुन्तलम
(c) पंचतंत्र
(d) कथासरित सागर

400. उस स्रोत का नाम बतलाएँ जो प्राचीन भारत के व्यापारित मार्गों पर मौन है?
(a) संगम साहित्य (b) मिलिंद पन्हो
(c) जातक साहित्य (d) उपर्युक्त सभी

मध्यकालीन इतिहास

1. पूर्व मध्यकाल का समय मुख्यत: कौन-सा माना जाता है?
   (a) संक्रमण काल
   (b) राजपूत काल
   (c) भारत पर तुर्क आक्रमण का काल
   (d) उपर्युक्त में सभी
2. सिंध पर अरबों के आक्रमण के समय वहाँ का शासक कौन था?
   (a) दाहिरयाह (b) दाहिर
   (c) चच (d) राय सहसी
3. पैंगबर हजरत मोहम्मद का जन्म हुआ था–
   (a) 570 ई० (b) 622 ई०
   (c) 642 ई० (d) 670 ई०
4. मक्का कहाँ है?
   (a) सीरिया (b) ईरान
   (c) इराक (d) सऊदी अरब
5. 'हिन्दू' शब्द का प्रथम बार प्रयोग किया था–
   (a) यूनानियों ने (b) रोमवासियों ने
   (c) चीनियों ने (d) अरबों ने
6. भारत पर पहला मुस्लिम आक्रमण किस वर्ष हुआ?
   (a) 647
   (b) 1013
   (c) 711
   (d) इनमें से कोई नहीं
7. मुहम्मद बिन कासिम द्वारा सिंध की विजय कब हुई?
   (a) 713 ई.
   (b) 716 ई.
   (c) 712 ई.
   (d) 719 ई.
8. भारत में प्रथम मुस्लिम आक्रमणकारी था–
   (a) कुतबुद्दीन ऐबक
   (b) महमूद गजनी
   (c) मुहम्मद बिन कासिम
   (d) मुहम्मद गोरी
9. भारत पर सर्वप्रथम मुस्लिम आक्रमणकारी थे–
   (a) गजनी के
   (b) गोर के
   (c) अरब के
   (d) उपर्युक्त में से कोई नहीं
10. मुहम्मद बिन कासिम था–
   (a) तुर्क (b) मंगोल
   (c) अरब (d) तुर्क-अफगान
11. इनमें से कौन गजनी राजवंश का संस्थापक था?
   (a) अल्पतगीन (b) महमूद
   (c) सुबक्तगीन (d) इस्माइल
12. निम्न में से कौन चंदेल शासक महमूद गजनवी से पराजित नहीं हुआ था?
   (a) धंग (b) विद्याधर
   (c) जयशक्ति (d) डंग
13. महमूद गजनवी का दरबारी इतिहासकार कौन था?
   (a) हसन निजामी (b) उत्बी
   (c) फिरदौसी (d) चंदबरदाई
14. 'शाहनामा' का लेखक कौन था?
   (a) उत्बी (b) फिरदौसी
   (c) अलबरुनी (d) बरनी
15. महमूद गजनी के साथ भारत आने वाला प्रसिद्ध इतिहासकार कौन था?
   (a) फरिश्ता (b) अलबरुनी
   (c) अफीफ (d) इब्नबतूता
16. अलबरुनी भारत में आया था–
   (a) नौवीं शताब्दी ई० में
   (b) दसवीं शताब्दी ई० में
   (c) ग्यारहवी शताब्दी ई० में
   (d) बारहवीं शताब्दी ई० में

17. महमूद गजनी के साथ भारत आने वाला मुस्लिम विद्वान था–
    (a) इब्नबतूता   (b) अलबरुनी
    (c) अमीर खुसरो   (d) फरिस्ता

18. पुराणों का अध्ययन करने वाला प्रथम मुसलमान था–
    (a) अबुल फजल   (b) बदायूँनी
    (c) अलबरुनी   (d) दाराशिकोह

19. किसने एक ओर संस्कृत मुद्रालेख के साथ चाँदी के सिक्के निर्गत किये?
    (a) मुहम्मद-बिन-कासिम
    (b) महमूद गजनवी
    (c) शेरशाह
    (d) अकबर

20. निम्न में से मध्य एशिया के किस शासक ने 1192 में उत्तर भारत को जीता?
    (a) जलालुद्दीन मंगबरनी
    (b) गजनी का महमूद
    (c) शिहाबुद्दीन मुहम्मद गोरी
    (d) चंगेज खाँ

21. मुहम्मद गोरी को सबसे पहले किसने पराजित किया?
    (a) भीम II
    (b) पृथ्वीराज चौहान
    (c) जयचंद
    (d) पृथ्वीराज II

22. मुहम्मद गोरी ने जयचंद को किस युद्ध में पराजित किया था?
    (a) तराइन का युद्ध
    (b) तराइन का द्वितीय युद्ध
    (c) चंदाबर का युद्ध
    (d) कन्नौज का युद्ध

23. किस युद्ध के पश्चात् भारत में मुस्लिम शक्ति की स्थापना हुई?
    (a) तराइन का प्रथम युद्ध
    (b) तराइन का द्वितीय युद्ध
    (c) पानीपत का प्रथम युद्ध
    (d) पानीपत का द्वितीय युद्ध

24. किस मुस्लिम शासक के सिक्कों पर देवी लक्ष्मी की आकृति बनी है?
    (a) मुहम्मद गोरी
    (b) अलाउद्दीन खिलजी
    (c) अकबर
    (d) उपरोक्त में से कोई नहीं

25. भारत में मुहम्मद गोरी ने किसको प्रथम 'अक्ता' प्रदान किया था?
    (a) ताजुद्दीन यल्दौज
    (b) कुतुबुद्दीन ऐबक
    (c) इल्तुतमिस
    (d) नसिरुद्दीन कुबाचा

26. मुहम्मद गोरी के किस दास ने बंगाल एवं बिहार पर विजय प्राप्त की?
    (a) कुतुबुद्दीन ऐबक
    (b) इल्तुतमिश
    (c) बख्तियार खिजली
    (d) चल्दौज

27. गुलाम वंश का प्रथम शासक कौन था?
    (a) इल्तुतमिश
    (b) कुतुबुद्दीन ऐबक
    (c) रजिया सुल्तान
    (d) बलबन

28. गुलाम वंश का संस्थापक कौन था?
    (a) इल्तुतमिश
    (b) अलाउद्दीन खिलजी
    (c) बलबन
    (d) कुतुबुद्दीन ऐबक

29. कौन सुल्तान 'लाख बख्श' के नाम से जाना जाता है?
    (a) इल्तुतमिश
    (b) बलबन
    (c) तुगलक
    (d) कुतुबुद्दीन ऐबक

30. ढाई दिन का झोपड़ा क्या है?
    (a) मस्जिद
    (b) मंदिर
    (c) संत की झोपड़ी
    (d) मीनार

31. निम्नलिखित में से किसने प्रसिद्ध कुतुबमीनार के निर्माण में योगदान नहीं दिया?
(a) कुतुबुद्दीन ऐबक
(b) इल्तुतमिश
(c) गयासुद्दीन तुगलक
(d) फिरोजशाह तुगलक

32. कुतुबुद्दीन ऐबक की राजधानी थी–
(a) लाहौर (b) दिल्ली
(c) अजमेर (d) लखनौती

33. निम्नलिखित में से किसने दिल्ली को सल्तनत की राजधानी के रूप में स्थापित किया था?
(a) कुतुबुद्दीन ऐबक
(b) इल्तुतमिश
(c) रजिया सुल्तान
(d) मुइज्जुद्दीन गोरी

34. दिल्ली का प्रथम शासक जिसने नियमित सिक्के जारी किए तथा दिल्ली को अपने साम्राज्य की राजधानी घोषित किया?
(a) नासिरुद्दीन महमूद
(b) इल्तुतमिश
(c) आरामशाह
(d) बलबन

35. दिल्ली का प्रथम मुस्लिम शासक कौन था?
(a) कुतुबुद्दीन ऐबक
(b) इल्तुतमिश
(c) रजिया सुल्तान
(d) बलबन

36. निम्नलिखित में से कौन मध्यकालीन भारत की प्रथम महिला शासिका थी?
(a) रजिया सुल्तान (b) चाँद बीबी
(c) दुर्गावती (d) नूरजहाँ

37. मंगोल आक्रमणकारी चंगेज खाँ भारत की उत्तर-पश्चिम सीमा पर निम्न में से किसके काल में आया था?
(a) अलाउद्दीन खिलजी
(b) इल्तुतमिश
(c) बलबन
(d) कुतुबुद्दीन ऐबक

38. दिल्ली का कौन सुल्तान मंगोल नेता चंगेज खाँ का समकालीन था?
(a) इल्तुतमिश
(b) रजिया सुल्तान
(c) बलबन
(d) अलाउद्दीन खिलजी

39. किसके शासनकाल में मंगोल प्रथम बार सिंधु के तट पर देखे गये?
(a) बलबन
(b) इल्तुतमिश
(c) कुतुबुद्दीन ऐबक
(d) रजिया सुल्तान

40. चंगेज खाँ का मूल नाम था–
(a) खासुल खान (b) एशूगई
(c) तेमुचिन (d) ओगदी

41. इत्तुतमिस ने बिहार में अपना प्रथम सूबेदार नियुक्त किया था?
(a) ऐवाज
(b) नसिरुद्दीन महमूद
(c) अलीमर्दान
(d) मलिक जानी

42. रजिया बेगम को सत्ताच्युत करने में किसका हाथ था?
(a) अफगानों का (b) मंगोलों का
(c) तुर्कों का (d) अरबों का

43. दिल्ली के किस सुल्तान ने 'रक्त और लौह' की नीति अपनाई थी?
(a) इल्तुतमिश
(b) बलबन
(c) फिरोज खिलजी
(d) अलाउद्दीन खिलजी

44. अपनी शक्ति को समेकित करने के बाद बलबन ने भव्य उपाधि धारण की–
(a) तूतिए-हिंद (b) कैसरे-हिंद
(c) जिल्ले-इलाही (d) दीने-इलाही

45. निम्न में किसने भारत में प्रसिद्ध फारसी त्योहार 'नौरोज' को आरंभ करवाया?
(a) बलबन
(b) इल्तुतमिश
(c) फरोज तुगलक
(d) अलाउद्दीन खिलजी

46. किसने स्वयं को 'खलीफा का सहायक' कहा है?
(a) बलबन
(b) कैकुबाद
(c) जलालुद्दीन खिलजी
(d) उपर्युक्त में से कोई नहीं

47. कौन-सा सुल्तान नया धर्म चलाना चाहता था, किन्तु उलेमा लोगों ने विरोध किया?
(a) बलबन
(b) अलाउद्दीन खिलजी
(c) मुहम्मद तुगलक
(d) इल्तुतमिश

48. दिल्ली के किस सुल्तान ने सिंकदर सानी की उपाधि धारण की थी?
(a) बलबन
(b) अलाउद्दीन खिलजी
(c) मुहम्मद बिन तुगलक
(d) सिंकदर लोदी

49. अलाउद्दीन खिलजी के प्रसिद्ध सेनापतियों में किसकी मंगोलों के विरुद्ध लड़ते हुए मृत्यु हुई?
(a) जफर खाँ   (b) नुसरत खाँ
(c) अल्प खाँ   (d) उलूग खाँ

50. रानी पद्मिनी के पति का नाम क्या है?
(a) राणा प्रताप   (b) रणजीत सिंह
(c) राजा मान सिंह (d) राणा रतन सिंह

51. अलाउद्दीन खिलजी के आक्रमण के समय देवगिरि का शासक कौन था?
(a) रामचन्द्र देव   (b) प्रताप रुद्रदेव
(c) मलिक काफूर (d) राणा रतन सिंह

52. किस सुल्तान के काल में खालिसा भूमि अधिक पैमाने में विकसित हुई?
(a) बलबन
(b) अलाउद्दीन खिलजी
(c) तुगलक
(d) फिरोजशाह तुगलक

53. किस सुल्तान के बारे में कहा जाता है कि उसने भूमि कर को उत्पादन के 50% तक कर दिया था?
(a) बलबन
(b) अलाउद्दीन खिलजी
(c) मुहम्मद बिन तुगलक
(d) फिरोज तुगलक

54. किस सुल्तान ने बाजार सुधार लागू किये थे?
(a) जलालुद्दीन खिलजी
(b) अलाउद्दीन खिलजी
(c) मुहम्मद तुगलक
(d) बलबन

55. किस शासक ने मूल्य नियन्त्रण पद्धति को पहली बार लागू किया?
(a) अलाउद्दीन खिलजी
(b) इल्तुतमिश
(c) मुहम्मद बिन तुगलक
(d) शेरशाह सूरी

56. 'सार्वजनिक वितरण प्रणाली' प्रारंभ की थी?
(a) अलाउद्दीन खिलजी
(b) बलबन
(c) फिरोज शाह तुगलक
(d) मोहम्मद बिन तुगलक

57. 'घरी अथवा गृहकर लगाने वाला दिल्ली का प्रथम सुल्तान कौन था?
(a) बलबन
(b) अलाउद्दीन खिलजी
(c) मोहम्मद बिन तुगलक
(d) फिरोज शाह तुगलक

58. अलाउद्दीन खिलजी के समय दिल्ली के सुल्तान तथा मंगोलों के बीच सीमा क्या थी?
(a) व्यास   (b) रावी
(c) सिंधु   (d) सतलज

59. अलाउद्दीन खिलजी के निम्न सेनाध्यक्षों में से कौन-सा तुगलक वंश का प्रथम सुल्तान बना?
(a) गाजी मलिक   (b) मलिक काफूर
(c) जफर खाँ   (d) उबेग खाँ

60. किस वंश के सुल्तानों ने सबसे अधिक समय तक देश में राज किया?
(a) खिलजी वंश (b) लोदी वंश
(c) दास वंश   (d) तुगलक वंश

61. दिल्ली सल्तनत का सर्वाधिक विद्वान शासक, जो खगोलशास्त्र गणित आदि में माहिर था?
(a) इल्तुतमिश
(b) अलाउद्दीन खिलजी
(c) मोहम्मद बिन तुगलक
(d) सिकंदर लोदी

62. 'अमीर-ए-कोही' विभाग की स्थापना किसने किया?
(a) अलाउद्दीन खिलजी
(b) फिरोज तुगलक
(c) मोहम्मद बिन तुगलक
(d) सिकंदर लोदी

63. किस सुल्तान ने पृथक कृषि विभाग की स्थापना की एवं फसल चक्र की योजना बनाई थी?
(a) इल्तुतमिश
(b) बलबन
(c) अलाउद्दीन खिलजी
(d) मुहम्मद बिन तुगलक

64. दीवाने-कोही किससे सम्बन्धित है?
(a) मुहम्मद बिन तुगलक
(b) फिरोज तुगलक
(c) अकबर
(d) अलाउद्दीन खिलजी

65. मुहम्मद बिन तुगलक अपनी राजधानी दिल्ली से ले गया–
(a) दौलताबाद   (b) कालिंजर
(c) कन्नौज   (d) लाहौर

66. दिल्ली से दौलताबाद राजधानी के स्थानांतरण का आदेश दिया था–
(a) फिरोज तुगलक
(b) गयासुद्दीन तुगलक
(c) मुबारक
(d) मुहम्मद बिन तुगलक

67. भारत में सर्वप्रथम सांकेतिक मुद्रा का प्रचलन किया था?
(a) अकबर
(b) अलाउद्दीन खिलजी
(c) बहलोल लोदी
(d) मुहम्मद बिन तुगलक

68. मूर देश का यात्री इब्नबतूता किसके शासनकाल में भारत आया?
(a) मुहम्मद बिन तुगलक
(b) बाबर
(c) अकबर
(d) महमूद गजनी

69. इब्नबतूता भारत में किसके शासनकाल में आया?
(a) बहलोल लोदी
(b) फिरोज तुगलक
(c) गयासुद्दीन तुगलक
(d) मुहम्मद बिन तुगलक

70. किसने सल्तनकाल में डाक व्यवस्था का विस्तृत विवरण दिया है?
(a) अमीर खुसरो
(b) इब्नबतूता
(c) सुल्तान फिरोजशाह
(d) जियाउद्दीन बरनी

71. होली त्योहार के सार्वजनिक उत्सव में भाग लेने वाला दिल्ली का प्रथम सुल्तान कौन था?
(a) फिरोजशाह तुगलक
(b) मुहम्मद बिन तुगलक
(c) सिकंदर लोदी
(d) इब्राहिम लोदी

72. इतिहासकार बदायूँनी ने किसकी मृत्यु पर कहा था कि 'सुल्तान को अपनी प्रजा से और प्रजा को सुल्तान से मुक्ति मिल गयी'?
(a) अलाउद्दीन खिलजी
(b) बलबन
(c) इल्तुतमिश
(d) मुहम्मद बिन तुगलक

73. किस सुल्तान ने 'रोजगार दफ्तर' खोलवाया?
(a) अलाउद्दीन खिलजी
(b) मुहम्मद बिन तुगलक
(c) फिरोज तुगलक
(d) शेरशाह सूरी

74. 'दीवान ए खैरात' नामक विभाग किसने बनवाया था?
(a) इल्तुतमिस
(b) फिरोज तुगलक
(c) गियासुद्दीन शाह
(d) बहलोल लोदी

75. किस सुल्तान के दरबार में सबसे अधिक गुलाम थे?
(a) बलबन
(b) अलाउद्दीन खिलजी
(c) बिन तुगलक
(d) फिरोज तुगलक

76. सर्वप्रथम लोक निर्माण विभाग की स्थापना की थी–
(a) इल्तुतमिश
(b) बलबन
(c) अलाउद्दीन खिलजी
(d) फिरोजशाह तुगलक

77. दिल्ली के किस सुल्तान ने भारत में नहरों का जाल बिछाया था–
(a) इल्तुतमिश
(b) गियासुद्दीन तुगलक
(c) फिरोजशाह तुगलक
(d) सिकंदर लोदी

78. 'हक्क-ए-शर्ब' अथवा सिंचाई पर कर लगाने वाला दिल्ली का प्रथम सुल्तान कौन था?
(a) अलाउद्दीन खिलजी
(b) गयासुद्दीन तुगलक
(c) बिन तुगलक
(d) फिरोज तुगलक

79. दिल्ली के किस सुल्तान ने ब्राह्मणों पर भी जजिया लगाया था?
(a) बलबन ने
(b) फिरोज तुगलक ने
(c) अलाउद्दीन खिलजी ने
(d) मुहम्मद तुगलक ने

80. किस सुल्तान ने फलों की गुणवत्ता सुधारने के लिए उपाय किये?
(a) मुहम्मद बिन तुगलक
(b) फिरोज तुगलक
(c) सिकंदर लोदी
(d) शेरशाह सूरी

81. टोपरा तथा मेरठ से दो अशोक स्तंभ लेख दिल्ली कौन लाया था?
(a) अलाउद्दीन खिलजी
(b) फिरोजशाह तुगलक
(c) मुहम्मद गोरी
(d) सिकंदर लोदी

82. दिल्ली का कौन-सा सुल्तान अशोक स्तंभ को दिल्ली लाया था?
(a) फिरोजशाह तुगलक
(b) जलालुद्दीन खिलजी
(c) मुहम्मद बिन तुगलक
(d) कुतुबुद्दीन ऐबक

83. 'अनुवाद विभाग' की स्थापना किसने करवाई थी?
(a) अलाउद्दीन खिलजी
(b) फिरोजशाह तुगलक
(c) इल्तुतमिश
(d) सिकंदर लोदी

84. राज्य के खर्च पर हज की व्यवस्था करने वाला पहला भारतीय शासक था?
(a) अलाउद्दीन खिलजी
(b) फिरोजशाह तुगलक
(c) अकबर
(d) औरंगजेब

85. फिरोज तुगलक द्वारा स्थापित 'दार-उल-शफा' क्या थी?
(a) दानशाला
(b) खैराती अस्पताल
(c) पुस्तकालय
(d) अतिथिगृह

86. दिल्ली सल्तनत के तुगलक राजवंश का अंतिम शासक कौन था?

(a) फिरोजशाह तुगलक
(b) गियासद्दीन तुगलक
(c) नसिरूद्दीन महमूद
(d) नुसरतशाह

87. तैमूर ने किसके शासनकाल में भारात पर आक्रमण किया?
(a) नसिरुद्दीन महमूद
(b) बहलोल लोदी
(c) फिरोज तुगलक
(d) मोहम्मद बिन तुगलक

88. तैमूर लंग ने किस वर्ष भारत पर आक्रमण किया
(a) 1210 ई० (b) 1398 ई०
(c) 1492 ई० (d) 1526 ई०

89. तैमूर के आक्रमण के बाद भारत में किस वंश का राज स्थापित हुआ?
(a) लोदी वंश
(b) सैयद वंश
(c) तुगलक वंश
(d) खिलजी वंश

90. महराणा सांगा ने इब्राहिम लोदी को किस युद्ध में परास्त किया था?
(a) खातोली का युद्ध
(b) सारंगपुर का युद्ध
(c) सिवान का युद्ध
(d) खानवा का युद्ध

91. किस सुल्तान ने आगरा नगर बसाया था?
(a) मुहम्मद बिन तुगलक
(b) फिरोज तुगलक
(c) बहलोल लोदी
(d) सिकंदर लोदी

92. आगरा को सर्वप्रथम किसने अपनी राजधानी बनाया?
(a) इल्तुतमिश
(b) मुहम्मद बिन तुगलक
(c) फिरोज शाह तुगलक
(d) सिकंदर लोदी

93. निम्न में सिने 'गुलरुखी' उपनाम से अपनी कविताओं की रचना की?
(a) फिरोजशाह तुगलक
(b) बहलोल लोदी
(c) सिकंदर लोदी
(d) इब्राहिम लोदी

94. निम्न सुल्तानों में से कौन अन्न के ऊपर कर समाप्त करने के लिए जाना जाता है?
(a) अलाउद्दीन खिलजी
(b) गियासुद्दीन तुगलक
(c) फिरोज तुगलक
(d) सिकंदर लोदी

95. निम्नलिखित वंशों ने किस क्रम में दिल्ली पर शासन किया था?
1. खिलजी 2. लोदी
3. सैयद 4. गुलाम

कूटः
(a) 1, 2, 4, 3 (b) 1, 2, 3, 4
(c) 2, 3, 4, 1 (d) 4, 1, 3, 2

96. इनमें कौन गुलाम वंश का नहीं था?
(a) बलबन
(b) इल्तुतमिश
(c) कुतुबुद्दीन ऐबक
(d) इब्राहिम लोदी

97. विजयनगर राज्य की स्थाना की थी–
(a) विजय राय
(b) हरिहर II
(c) हरिहर और बुक्का
(d) बुक्का II

98. अपनी 'मदुरा विजय' कृति में अपनी पति के विजय अभियानों का वर्णन करने वाली कवयित्री थी–
(a) भारती (b) गंगादेवी
(c) वरदंबिका (d) विज्जिका

99. विजयनगर का पहला शासक जिसने बहमनियों से गोवा को छीना?
(a) हरिहर I (b) हरिहर II
(c) बुक्का I (d) देवराय II

100. कृष्णदेव राय ने गोलकुंडा का युद्ध किस राजा से लड़ा?
(a) कुली कुतुबशाह
(b) कुतुबुद्दीन ऐबक
(c) इस्माइल आरिल खान
(d) गजपति

101. कृष्णदेव राय के दरबार में 'अष्ट दिग्गज' कौन थे?
(a) आठ मंत्री
(b) आठ तेलुगु कवि
(c) आठ महान सेनापति
(d) आठ परामर्शदाता

102. इनमें से किसे 'आन्ध्र भोज' भी कहा जाता है?
(a) कृष्णदेव राय (b) राजेन्द्र चोल
(c) हरिहर (d) बुक्का

103. 'अष्ट दिग्गज' किस राजा से सम्बन्धित थे?
(a) शिवाजी (b) कृष्णदेव राय
(c) राजेन्द्र प्रथम (d) यशोवर्मन

104. प्रसिद्ध विजयनगर शासक कृष्णदेव राय के अधीन किस साहित्य का स्वर्णयुग था?
(a) कोंकणी (b) मलयालम
(c) तमिल (d) तेलुगु

105. विजयनगर का प्रसिद्ध हजारा मंदिर किसके शासनकाल में निर्मित हुआ था?
(a) कृष्णदेव राय (b) देवराय I
(c) देवराय II (d) हरिहर I

106. अब्दुल रज्जाक विजयनगर आया था–
(a) देवराय I के राज्यकाल में
(b) देवराय II के राज्यकाल में
(c) कृष्णदेव राय के राज्यकाल में
(d) वीर विजय के राज्यकाल में

107. निम्नलिखित में कौन महाभारत के तेलुगु अनुवादों के लिए विख्यात है?
1. कम्बन 2. कुहन
3. नन्नय 4. टिक्कन
(a) केवल 1, 2 (b) केवल 2, 3
(c) केवल 3, 4 (d) केवल 4, 1

108. वैदिक ग्रन्थों के भाष्यकार सायण को आश्रम प्राप्त था–
(a) परमार राजाओं का
(b) सातवाहन राजाओं का
(c) विजयनगर राजाओं का
(d) वाकाटक राजाओं का

109. निम्नांकित में से किसके राज्यारोहण को अब 500 वर्ष गुजर गये हैं?
(a) हरिहर प्रथम (b) कृष्णदेव राय
(c) कुलोत्तुंग प्रथम (d) राजराम प्रथम

110. 1565 में कौन-सा प्रसिद्ध युद्ध हुआ?
(a) पानीपत का प्रथम युद्ध
(b) खानवा का युद्ध
(c) पानीपत का दूसरा युद्ध
(d) तालीकोटा का युद्ध

111. तालीकोटा का युद्ध किनके बीच लड़ा गया था?
(a) अकबर और मालवा
(b) विजयनगर बहमनी
(c) विजयनगर-बीजापुर, अहमदनगर तथा गोलकुंडा की संयुक्त सेनाओं के बीच
(d) शेरशाह-हुमायूँ

112. तालीकोटा का युद्ध हुआ था–
(a) 1526 ई० (b) 1565 ई०
(c) 1576 ई० (d) 1586 ई०

113. जब राजा वोडियार ने मैसूर राज्य की स्थापना की, तब विजयनगर साम्राज्य का शासक कौन था?
(a) सदाशिव (b) तिरुमल
(c) रंगा II (d) वेंकट II

114. विजयनगर साम्राज्य की वित्तीय व्यवस्था की मुख्य विशेषता क्या थी?
(a) अधिशेष लगान
(b) भूराजस्व
(c) बंदरगाहों से आमदनी
(d) मुद्रा प्रणाली

115. निम्न में से किस स्थान के खंडहर विजयनगर के प्राचीन राजधानी के प्रतिनिधित्व करते हैं?
(a) अहमदनगर (b) बीजापुर
(c) गोलकुंडा (d) हम्पी

116. विजयनगर के किस शासक ने चीन के सम्राट के पास अपना राजदूत भेजा?
(a) हरिहर प्रथम (b) बुक्का प्रथम
(c) कृष्णेदव राय (d) सालुव नरसिंह

117. प्रसिद्ध विजय विट्ठल मंदिर जिसके 56 तक्षित स्तंभ संगीतमय स्वर निकालते हैं, कहाँ अवस्थित है?

(a) बेलूर (b) भद्राचलम

(c) हम्पी (d) श्रीरंगम

118. सल्तनत काल के अधिकांश अमीर एवं सुल्तान किस वर्ग के थे?

(a) तुर्क (b) मंगोल

(c) तातार (d) अरब

119. निम्न में किस राजवंश के अंतर्गत विजारत का चरमोत्कर्ष हुआ?

(a) इलबरी (b) खिलजी

(c) तुगलक (d) लोदी

120. किस मध्यकालीन शासक ने 'इक्ता व्यवस्था' प्रारम्भ की थी?

(a) इल्तुतमिश

(b) बलबन

(c) अलाउद्दीन खिलजी

(d) उपर्युक्त में से कोई नहीं

121. सल्तनत काल में भू-राजस्व का सर्वोच्च ग्रामीण अधिकारी था–

(a) चौधरी (b) रावत

(c) मलिक (d) पटवारी

122. 'शर्ब' कर लगाया जाता था–

(a) व्यापार पर

(b) सिंचाई पर

(c) गैर मुसलमान पर

(d) उद्योग पर

123. जवाबित का सम्बन्ध किससे था?

(a) राज्य कानून

(b) मनसब प्रणाली

(c) टकसाल से सम्बन्धित कानून

(d) कृषि सम्बन्धित कर

124. हदीस है एक–

(a) इस्लामिक कानून

(b) बंदोबस्त कानून

(c) मनसबदार

(d) इनमें से कोई नहीं

125. निम्न में से किसने टंका (Tanka) नामक चाँदी के सिक्के चलवाये थे?

(a) अलाउद्दीन खिलजी

(b) कुतुबुद्दीन ऐबक

(c) इल्तुतमिस

(d) बलबन

126. उत्तर भारत में चाँदी का सिक्का टंका जारी करने वाला मध्यकालीन शासक कौन था?

(a) इल्तुतमिश

(b) रजिया सुल्तान

(c) अलाउद्दीन खिलजी

(d) तुगलक

127. सल्तनत काल के सिक्के टंका, शशगनी एवं जीतल किन धातुओं के बने थे?

(a) चाँदी, चाँदी, ताँबा

(b) सोना, चाँदी, ताँबा

(c) चाँदी, जस्ता, ताँबा

(d) सोना, जस्ता, ताँबा

128. किसके सिक्कों पर बगदाद के अंतिम खलीफा का नाम सर्वप्रथम अंकित हुआ?

(a) कुतुबुद्दीन ऐबक

(b) इल्तुतमिश

(c) अलाउद्दीन खिलजी

(d) अलाउद्दीन मसूदशाह

129. 'अलाई दरवाजा' का निर्माण किसने करवाया?

(a) इल्तुतमिश

(b) बलबन

(c) अलाउद्दीन खिलजी

(d) फिरोज तुगलक

130. किस सुल्तान ने कुतुबुमीनार की पाँचवीं मंजिल का निर्माण कराया?

(a) कुतुबुद्दीन ऐबक

(b) इल्तुतमिश

(c) फिरोजशाह तुगलक

(d) सिकंदर लोदी

131. भारत में प्रथम मकबरा जो शुद्ध इस्लामी शैली में निर्मित हुआ था–
    (a) हुमायूँ का मकबरा
    (b) बलबन का मकबरा
    (c) ऐबक का मकबरा
    (d) अलाउद्दीन खिलजी

132. 'कीर्ति स्तंभ प्रशस्ति' के रचयिता थे–
    (a) सोमदेव   (b) जैता
    (c) नाथा   (d) अभिकवि

133. चित्तौड़ का 'कीर्ति स्तंभ' निर्मित हुआ था, शासनकाल में–
    (a) राणा कुंभा के
    (b) राणा हम्मीर के
    (c) राणा रतनसिंह के
    (d) राणा संग्राम सिंह के

134. किताब-उल-हिंद की रचना किसने की?
    (a) हसन निजामी
    (b) मिनहाम-उस-सिराज
    (c) अनबसनी
    (d) शम्स-स-सिराज अफीक

135. अमीर खुसरो का जन्म कहाँ हुआ था?
    (a) आगरा में   (b) बाराबंकी में
    (c) एटा में   (d) इटावा में

136. 'तूती-ए-हिन्द' किसको कहते हैं?
    (a) कुतुबन   (b) उस्मान
    (c) अमीर खुसरो   (d) अमीर हसन

137. अमीर खुसरो ने किसके विकास में अग्रगामी भूमिका निभाई?
    (a) ब्रज भाषा   (b) अवधी
    (c) खड़ी बोली   (d) भोजपुरी

138. किसने दिल्ली के सात सुल्तानों का शासनकाल देखा था?
    (a) अमीर खुसरो
    (b) शेख निजामुद्दीन औलिया
    (c) ख्वाजा मुइनुद्दीन चिश्ती
    (d) उपर्युक्त में से कोई नहीं

139. प्रसिद्ध कवि अमीर खुसरो निम्नांकित में से किस बादशाह के दरबार से संबद्ध था?
    (a) नवाब आसफुदौला
    (b) गयासुद्दीन बलबन
    (c) मुहम्मद शाह 'रंगीला'
    (d) कुतुबुद्दीन ऐबक

140. अमीर खुसरो किसका दरबारी कवि था?
    (a) मुहम्मद बिन तुगलक
    (b) अलाउद्दीन खिलजी
    (c) शेरशाह सूरी
    (d) हुमायूँ

141. अमीर खुसरो क्या थे?
    (a) कवि   (b) इतिहासकार
    (c) संगीतज्ञ   (d) ये तीनों

142. नयी फारसी काव्य शैली 'सबक-ए-हिन्दी' अथवा हिन्दुस्तानी शैली के जन्मदाता थे–
    (a) जियाउद्दीन बरनी
    (b) अफीक
    (c) इसामी
    (d) अमीर खुसरो

143. हिन्दी और फारसी दोनों भाषाओं का विद्धान था–
    (a) अकबर   (b) तानसेन
    (c) अमीर खुसरो   (d) बैरम खाँ

144. 'तबकात-ए-नासिरी' का लेखक कौन था?
    (a) शेख जमालुद्दीन
    (b) अलबरुनी
    (c) मिनहास-उस-सिराज
    (d) बरनी

145. निम्न भाषाओं में किसको दिल्ली सुल्तानों ने संरक्षण प्रदान किया?
    (a) अरबी   (b) तुर्की
    (c) फारसी   (d) उर्दू

146. निम्न में से किस संगीत वाद्य को हिन्दू-मुस्लिम गान वाद्यों का सबसे श्रेष्ठ मिश्रण माना गया है?
    (a) वीणा   (b) ढोलक
    (c) सारंगी   (d) सितार

147. संगीत यन्त्र 'तबला' का प्रचलन किया–
    (a) आदिल शाह ने

(b) अमीर खुसरो
(c) तानसेन
(d) बैजू बावरा

148. किस राजपूत राजा ने संगीत पर एक पुस्तक लिखा था?
(a) जयचंद
(b) पृथ्वीराज चौहान
(c) राणा कुंभा
(d) मानसिंह

149. दिल्ली का वह सुल्तान जिसने अपना संस्मरण लिखा है–
(a) इल्तुतमिश
(b) बलबन
(c) अलाउद्दीन खिलजी
(d) फिरोज तुगलक

150. भारत में पोलों खेल का प्रचलन किया–
(a) यूनानियों ने (b) अंग्रेजों ने
(c) तुर्कों ने (d) मुगलों ने

151. 'दस्तार बन्दान' कौन कहलाते थे?
(a) सूफी सन्त (b) खान
(c) मलिक (d) उलेमा

152. निम्न में से किस प्रथा की शुरुआत राजपूतों के समय में हुई?
(a) सती प्रथा
(b) बाल विवाह
(c) जौहर प्रथा
(d) इनमें से कोई नहीं

153. इनमें कौन जैन धर्म का अनुयायी था?
(a) मालधर बसु (b) हेमचन्द्र सूरी
(c) पार्थसारथी (d) सायण

154. तेरहवी एवं चौदहवीं शताब्दियों में भारतीय कृषक खेती नहीं करता था–
(a) गेहूँ की (b) जौ की
(c) चना की (d) मक्का की

155. जौनपुर नगर किसकी स्मृति में स्थापित किया गया?
(a) गयासुद्दीन तुगलक
(b) जौना खाँ
(c) फिरोजशाह
(d) अकबर

156. जौनपुर की स्थापना किसने की थी?
(a) मुहम्मद बिन तुगलक
(b) फिरोजशाह तुगलक
(c) इब्राहिमशाह शर्की
(d) सिकंदर लोदी

157. 'पूर्व का शिराज' किसे कहा जाता था?
(a) आगरा (b) दिल्ली
(c) जौनपुर (d) वाराणसी

158. कश्मीर का अकबर किसे कहा जाता है?
(a) शमसुद्दीनशाह
(b) सिकंदर बुतशिकन
(c) हैदरशाह
(d) जैनुल आवेदीन

159. किस शासक ने सर्वप्रथम जजिया कर समाप्त किया था?
(a) जैन-उल-आबेदीन
(b) मुहम्मद बिन तुगलक
(c) हुसैनशाह शर्की
(d) अकबर

160. बहमनी राज्य की स्थापना की थी–
(a) अलाउद्दीन हसन ने
(b) अली आबिदशाह ने
(c) हुसैन निजामशाह ने
(d) मुजाहिदशाह ने

161. बहमनी राज्य की स्थापना किस वर्ष हुई थी?
(a) 1336 ई० (b) 1338 ई०
(c) 1347 ई० (d) 1361 ई०

162. बहमनी राज्य की प्रथम राजधानी निम्न में से कौन-सी थी?
(a) बीदर (b) गुलबर्ग
(c) दौलताबाद (d) हुसैनाबाद

163. दक्षिण में बहमनी राज्य का संस्थापक कौन था?
(a) मलिक अम्बर
(b) हसन गंगू
(c) मोहम्मद दीवान
(d) सिकंदरशाह

164. किस मुस्लिम शासक को 'जगतगुरु' कहा जाता था?
(a) हुसैनशाह
(b) जैन-उल-आवेदीन
(c) इब्राहिम आदिलशाह
(d) महमूद द्वितीय

165. गोलकुंडा को वर्तमान में क्या कहा जाता है?
(a) हैदराबाद (b) कर्नाटक
(c) बीजापुर (d) बंगलौर

166. 'द्वारसमुद्र' किस राजवंश की राजधानी थी?
(a) गंग (b) काकतीय
(c) होयसल (d) कदम्ब

167. होयसल स्मारक कहाँ है?
(a) हम्पी
(b) हेलेबिड एवं वेलूर
(c) मैसूर
(d) श्रृंगेरी

168. होयसलों की प्राचीन राजधानी द्वारसमुद्र का वर्तमान नाम है?
(a) श्रृंगेरी (b) वेलूर
(c) हलेबिड् (d) सोमनाथपुर

169. गूजरी महल किसने बनवाया था?
(a) सूरज सेन ने (b) मानसिंह ने
(c) तेज करण ने (d) अकबर ने

170. दक्षिण भारत के 'पोलिगार' कौन थे?
(a) जमींदार
(b) महाजन
(c) क्षेत्रीय प्रशासकीय और सैन्य नियंत्रक
(d) व्यापारी

171. भक्ति आंदोलन का प्रारंभ किया गया था–
(a) आलवार संतों द्वारा
(b) सूफी संतों द्वारा
(c) सूरदास द्वारा
(d) तुलसीदास द्वारा

172. भक्ति संस्कृति का भारत में पुनर्जन्म हुआ–
(a) वैदिक काल
(b) दसवीं शताब्दी ईस्वी
(c) बारहवीं शताब्दी ईस्वी
(d) पन्द्रहवीं और सोलहवीं शताब्दी ईस्वी में

173. बुद्ध और मीराबाई के जीवन दर्शन में मुख्य साम्य था–
(a) अहिंसा
(b) तपस्या
(c) संसार दु:खपूर्ण है
(d) सत्य बोलना

174. 'कोई व्यक्ति किसी व्यक्ति से उसका धर्म-संप्रदाय या जाति न पूछो' यह कथन है–
(a) कबीर का (b) रामानंद का
(c) रामानुज का (d) चैतन्य का

175. कामरूप में वैष्णव धर्म को लोकप्रिय बनाया–
(a) चैतन्य (b) निम्बार्क
(c) रामानंद (d) शंकरदेव

176. असम एवं कूच बिहार में वैष्णव धर्म को लोकप्रिय बनाया?
(a) चैतन्य (b) मध्व
(c) शंकरदेव (d) बल्लभाचार्य

177. सुप्रसिद्ध मध्यकालीन संत शंकरदेव सम्बन्धित थे–
(a) शैव संप्रदाय से
(b) वैष्णव संप्रदाय से
(c) अद्वैत संप्रदाय से
(d) द्वैताद्वैत संप्रदाय से

178. रामानुमाचार्य किससे सम्बन्धित है?
(a) भक्ति (b) द्वैतावाद
(c) विशिष्टा द्वैत (d) एकेश्वरवाद

179. 'शुद्ध अद्वैतवाद' का प्रतिपादन किया था–
(a) माधवाचार्य ने
(b) वल्लभाचार्य ने
(c) श्री कांताचार्य
(d) रामानुज ने

180. किस भक्ति संत ने अपने उपदेश हिन्दी में दिये–

(a) दादू   (b) कबीर
(c) रामानंद   (d) तुलसीदास

181. कबीर शिष्य थे–
(a) चैतन्य के   (b) रामानंद के
(c) रामानुज के   (d) तुकाराम के

182. किस संत का जन्म प्रयाग में हुआ था?
(a) कुम्भनदास   (b) रामानंद
(c) रैदास   (d) तुलसीदास

183. 'बीजक' का रचयिता कौन है?
(a) सूरदास   (b) कबीर
(c) रविदास   (d) पाणिनी

184. कबीर एवं धरमदास के मध्य संवादों के संकलन का शीर्षक है–
(a) सबद   (b) अमरमूल
(c) साखी   (d) रमैनी

185. मलूकदास एक संत कवि थे–
(a) आगरा के   (b) अयोध्या के
(c) काशी के   (d) कड़ा के

186. संत घासीदास के पिताजी का क्या नाम था?
(a) सुकालू   (b) चैतूराम
(c) विसादू   (d) महँगू

187. भगवान शिव की प्रतिष्ठा में कितने ज्योतिर्लिंग स्थापित हैं?
(a) 6   (b) 12
(c) 24   (d) 18

188. रामानुज के अनुयायियों को कहा जाता है–
(a) शैव   (b) वैष्णव
(c) अद्वैतवादी   (d) अवधूत

189. निम्न में से कौन-सा स्थान गुरु नानक का जन्म स्थल था?
(a) अमृतसर   (b) नाभा
(c) ननकाना   (d) नांदेर

190. किसके शासन में गुरु नानक देव ने सिख धर्म की स्थापना की?
(a) फिरोजशाह तुगलक
(b) सिकंदर लोदी
(c) हुमायूँ
(d) अकबर

191. मीराबाई समकालीन थी–
(a) तुलसीदास के
(b) चैतन्य महाप्रभु के
(c) गुरु नानक के
(d) रामकृष्ण परमहंस के

192. प्रसिद्ध भक्त कवयित्री मीरा के पति नाम था–
(a) राणा रतन सिंह
(b) राजकुमार भोजराम
(c) राणा उदय सिंह
(d) राणा सांगा

193. 'राग-गोविंद' के रचनाकार हैं–
(a) मीराबाई   (b) नरहरि
(c) सूरदास   (d) रसखान

194. निम्नलिखित में से कौन इस्लाम से प्रभावित था?
(a) चैतन्य   (b) मीराबाई
(c) नामदेव   (d) वल्लभाचार्य

195. चैतन्य महाप्रभु किस संप्रदाय से संबद्ध हैं?
(a) वैष्णव   (b) शैव
(c) बौद्ध   (d) सूफी

196. तुलसीदास किसके समकालीन थे?
(a) अकबर तथा जहाँगीर
(b) शाहजहाँ
(c) औरंगजेब
(d) बाबर तथा हुमायूँ

197. 'रामचरित मानस' के रचयिता थे–
(a) तुलसीदास   (b) वाल्मीकि
(c) सूरदास   (d) वेद व्यास

198. निम्न में कौन-सी रचना तुलसीदास की नहीं है?
(a) गीतावली   (b) कवितावली
(c) विनयपत्रिका   (d) साहित्य रत्न

199. निम्न में कौन वरकरी संप्रदाय का संत था?
(a) निम्बार्क   (b) चक्रधर
(c) नामदेव   (d) रामदास

200. भक्त तुकाराम किस शासक के समकालीन थे?
   (a) बाबर   (b) अकबर
   (c) जहाँगीर   (d) औरंगजेब

201. निम्नलिखित में से कौन भक्ति आंदोलन का प्रस्तावक नहीं था?
   (a) नागार्जुन   (b) तुकाराम
   (c) त्यागराज   (d) वल्लभाचार्य

202. भारत में चिश्तिया सूफी मत को स्थापित किया–
   (a) ख्वाजा बदरुद्दीन ने
   (b) ख्वाजा मुइनुद्दीन ने
   (c) शेख अहमद सरहिंदी ने
   (d) शेख बहाउद्दीन जकरिया ने

203. निम्न में कौन सर्वप्रथम अजमेर बस गया?
   (a) मुइनुद्दीन चिश्ती
   (b) कुतुबुद्दीन बख्तियार काकी
   (c) निजामुद्दीन औलिया
   (d) शेख सलीम चिश्ती

204. निम्न में कौन सूफीवाद की चिरित्तया शाखा का संस्थापक था?
   (a) शेख मुहीउद्दीन
   (b) शेख जयाउद्दीन अबुलजीवा
   (c) ख्वाजा अबु-अब्दाल
   (d) ख्वाजा बहाउद्दीन

205. ख्वाजा मोइनुद्दीन चिश्ती किसके शिष्य थे?
   (a) ख्वाजा अब्दाल चिश्ती
   (b) शाह वली उल्लाह
   (c) मीर दर्द
   (d) ख्वाजा उस्मान हरुनी

206. शेख निजामुद्दीन औलिया शिष्य थे–
   (a) अलाउद्दीन साबिर के
   (b) मुइनुद्दीन चिश्ती के
   (c) बाबा फरीद के
   (d) शेख अहमद सरहिंदी के

207. शेख निजामुद्दीन औलिया की दरगाह स्थित है–
   (a) आगरा में
   (b) अजमेर में
   (c) दिल्ली में
   (d) फतेहपुर सीकरी में

208. निम्न में किसे 'भारत का सादी' कहा गया है–
   (a) अमीर हसन
   (b) अमीर खुसरो
   (c) अबू तालिब कलीम
   (d) चन्द्रभान ब्राह्मण

209. निम्न में से किस सुल्तान से निजामुद्दीन औलिया ने भेंट करने से इनकार कर दिया था?
   (a) जलालुद्दीन खिलजी
   (b) अलाउद्दीन खिलजी
   (c) गयासुद्दीन तुगलक
   (d) मुहम्मद बिन तुगलक

210. कौन सूफी संत महबूब-ए-इलाही कहलाता था?
   (a) ख्वाजा मोइनुद्दीन चिश्ती
   (b) बाबा फरीद
   (c) कुतुबुद्दीन बख्तियार काकी
   (d) शेख निजामुद्दीन औलिया

211. किस सूफी संत के विचारों को सिखों के धर्म ग्रन्थ आदि ग्रन्थ में संकलित किया गया है?
   (a) शेख मुइनुद्दीन चिश्ती
   (b) कुतुबुद्दीन बख्तियार काकी
   (c) फरीदुद्दीन-गंज-ए-शकर
   (d) शेख निजामुद्दीन औलिया

212. प्रसिद्ध संत सलीम चिश्ती रहते थे?
   (a) दिल्ली में
   (b) अजमेर में
   (c) फतेहपुर सीकरी में
   (d) लाहौर में

213. निम्नलिखित सूफीवाद के सिलसिलों में कौन संगीत के विरुद्ध था?
   (a) चिश्तिया   (b) सुहरावर्दिया
   (c) कादरिया   (d) नक्शबंदिया

214. निम्नलिखित सूफियों में से किसने कृष्ण को औलिया के रूप में माना?
(a) शाह मोहम्मद गौस
(b) शाह अब्दुल अजीज
(c) शाह वलीउल्ला
(d) ख्वाजा मीर दर्द

215. निम्न में से किसका सम्बन्ध सूफीवाद से नहीं है?
(a) उलेमा (b) खानकाह
(c) शेख (d) समा

216. कृष्ण जीवन परक 'प्रेम वाटिका' काव्य की रचना की थी–
(a) बिहारी ने (b) सूरदास
(c) रसखान (d) कबीर

217. निम्न में से कौन एक भक्ति आंदोलन से जुड़ा नहीं है?
(a) वल्लभाचार्य (b) चैतन्य
(c) गुरुनानक (d) अमीर खुसरो

218. 'बारहमासा' की रचना किसने की थी?
(a) अमीर खुसरो
(b) इसामी
(c) मलिक मोहम्मद जायसी
(d) रसखान

219. प्रतिवर्ष प्रसिद्ध सूफी संत हाजी वारिस अली शाह की मजार पर मेला लगता है–
(a) फतेहपुर सीकरी
(b) कलिंजर
(c) देवा शरीफ
(d) गढ़मुक्तेश्वर

220. मध्यकालीन भारत के मुगल शासक वस्तुत: थे–
(a) ईरानी
(b) अफगान
(c) चगताई तुर्क
(d) उपर्युक्त में से कोई नहीं

221. इनमें से किसने बाबर को सर-ए-पुल के युद्ध में पराजित किया था?
(a) अब्दुल्लाह खाँ उजबेक
(b) शैबानी खाँ
(c) उबैदुल्लाह खाँ
(d) जानी बेग

222. पानीपत का प्रथम युद्ध किसके मध्य हुआ था?
(a) बाबर और राणा सांगा
(b) हेमू और मुगल
(c) हुमायूँ और शेरखान
(d) बाबर और इब्राहिम लोदी

223. पानीपत के युद्ध में बाबर की जीत का मुख्य कारण क्या था?
(a) उसकी घुड़सवार सेना
(b) उसकी सैन्य कुशलता
(c) तुलगमा प्रथा
(d) अफगानों की आपसी फूट

224. निम्न में से किस युद्ध में एक पक्ष द्वारा प्रथम बार तोपों का उपयोग किया गया था?
(a) पानीपत का प्रथम युद्ध
(b) खानवा का युद्ध
(c) प्लासी का युद्ध
(d) पानीपत का तीसरा युद्ध

225. बाबर की इब्राहिम लोदी पर विजय का कारण था–
(a) बाबर की वीरता
(b) तोपखाना
(c) इब्राहिम की दुर्बलता
(d) कुशल सेनानायक

226. पानीपत की पहली लड़ाई में बाबर ने किसको हराया था?
(a) राणा सांगा (b) इब्राहिम लोदी
(c) सिकंदर लोदी (d) शेरशाह सूरी

227. निम्नलिखित युद्धों में से किस एक में बाबर ने 'जेहाद' की घोषणा की थी?
(a) पानीपत का युद्ध
(b) खानवा का युद्ध
(c) चंदेरी का युद्ध
(d) उपर्युक्त में से कोई नहीं

228. राणा सांगा ने निम्नलिखित युद्धों में से किसमें बाबर के विरुद्ध लड़ाई की थी?
(a) पानीपत का युद्ध
(b) खानवा का युद्ध
(c) चंदेरी का युद्ध
(d) घाघरा का युद्ध

229. मेवाड़ के जिस राजा को 1527 में खानवा के युद्ध में बाबर ने हराया था, वह था—
(a) राणा प्रताप
(b) मानसिंह
(c) सवाई उदय सिंह
(d) राणा सांगा

230. खानवा के युद्ध में कौन पराजित हुआ था?
(a) राणा प्रताप
(b) हेमू
(c) राणा सांगा
(d) अलाउद्दीन खिलजी

231. भारत के मुगल शासक बनने पर जहीरुद्दीन मोहम्मद ने अपना नाम क्या रखा?
(a) बाबर
(b) हुमायूँ
(c) जहाँगीर
(d) बहादुरशाह

232. बाबर ने सर्वप्रथम 'पादशाह' की पदवी धारण की थी—
(a) फरगना में
(b) काबुल में
(c) दिल्ली में
(d) समरकंद में

233. बाबर ने अपने 'बाबरनामा' में किस हिन्दू राज्य का उल्लेख किया है?
(a) उड़ीसा
(b) गुजरात
(c) मेवाड़
(d) कश्मीर

234. 'तुजुक-ए-बाबरी' किस भाषा में लिखा गया था?
(a) फारसी
(b) अरबी
(c) तुर्की
(d) उर्दू

235. फरीद, जो बाद में शेरशाह सूरी बना, ने कहाँ से शिक्षा प्राप्त की थी?
(a) सासाराम
(b) पटना
(c) जौनपुर
(d) लाहौर

236. निम्नलिखित मध्ययुगीन शासकों में से कौन एक उच्च शिक्षित था?
(a) बलबन
(b) अलाउद्दीन खिलजी
(c) इब्राहिम लोदी
(d) शेरशाह

237. निम्नलिखित में से किस सुल्तान ने पहले 'हजरते आला' की उपाधि अपनाई और बाद में 'सुल्तान' की?
(a) बहलोल लोदी
(b) सिकंदर लोदी
(c) शेरशाह सूरी
(d) इस्लामशाह सूरी

238. दिल्ली सल्तनत के पराभव के उपरांत सर्वप्रथम किस शासक द्वारा स्वर्ण मुद्रा का प्रचलन किया गया?
(a) अकबर
(b) हुमायूँ
(c) शाहजहाँ
(d) शेरशाह

239. हुमायूँ ने चुनार दुर्ग पर प्रथम बार कब आक्रमण किया?
(a) 1532 ई०
(b) 1531 ई०
(c) 1533 ई०
(d) 1536 ई०

240. किसने अपने बादशाह पति के लिए मकबरे का निर्माण करवाया था?
(a) शाह बेगम ने
(b) हाजी बेगम ने
(c) मुमताज महल
(d) नूरुन्निसा

241. चाँदी का सिक्का किसने शुरु किया?
(a) अकबर
(b) शेरशाह
(c) अलाउद्दीन खिलजी
(d) बख्तियार खिलजी

242. शेरशाह के अन्तर्गत ताँबें के दाम और चाँदी के रुपया की विनिमय दर क्या थी?
(a) 16:1
(b) 32:1
(c) 48:1
(d) 64:1

243. 'मात्र एक मुट्ठी बाजरे के चक्कर में मैंने अपना साम्राज्य खो दिया होता' किसने कहा था?
(a) अलाउद्दीन खिलजी
(b) मोहम्मद तुगलक
(c) शेरशाह सूरी
(d) औरंगजेब

244. शेरशाह सूरी का मकबरा कहाँ है?

(a) सासाराम   (b) दिल्ली

(c) कालिंजर   (d) सोनागाँव

245. निम्नलिखित में किस स्मारक का निर्माण शेरशाह ने करवाया था?

(a) दिल्ली की किला-ए-कुहना मस्जिद

(b) जौनपुर की अटाला मस्जिद

(c) गौर की बारा सोना मस्जिद

(d) दिल्ली की कुव्वत-उल-इस्लाम मस्जिद

246. दिल्ली में 'पुराना किला' के भवनों का निर्माण किया था–

(a) फिरोज तुगलक ने

(b) इब्राहिम लोदी ने

(c) शेरशाह सूरी ने

(d) बाबर ने

247. कृषकों की सहायता के लिए किस मध्यकालीन भारतीय शासक ने पट्टा एवं कबूलियत की व्यवस्था प्रारंभ की थी?

(a) अलाउद्दीन खिलजी

(b) मोहम्मद बिन तुगलक

(c) शेरशाह सूरी

(d) अकबर

248. हल्दी घाटी का युद्ध किस वर्ष में हुआ था?

(a) 1756 ई०   (b) 1576 ई०

(c) 1756 ई०पू०   (d) 1576 ई०पू०

249. हल्दी घाटी के युद्ध में महाराणा प्रताप की सेना के सेनापति कौन थे?

(a) अमर सिंह   (b) भान सिंह

(c) हकीम खान   (d) शक्ति सिंह

250. हल्दी घाटी क युद्ध के पीछे अकबर का मुख्य उद्देश्य था–

(a) राणा प्रताप को अपने अधीन लाना

(b) राजपूतों में फूट डालना

(c) मानसिंह की भावना को संतुष्ट करना

(d) साम्राज्यवादी नीति

251. अकबर ने सर्वप्रथम वैवाहिक सम्बन्ध राजपूतों के किस गृह से स्थापित किया?

(a) बुंदेलों से   (b) कछवाहा से

(c) राठौरों से   (d) सिसोदियों से

252. निम्नलिखित में से किसे अकबर ने स्वयं मारा था?

(a) अधम खाँ को

(b) बैरम खाँ को

(c) बाज बहादुर को

(d) पीर मुहम्मद को

253. राजपूताना के भिन्न राजाओं में से किसने अकबर की संप्रभुता स्वयं स्वीकार नहीं की थी?

(a) आमेर (अम्बेर)

(b) मेवाड़ (मारवाड़)

(c) मारवाड़

(d) बीकानेर

254. अकबर के साथ युद्ध करने वाली दुर्गावती कहाँ की रानी थी?

(a) मंडला   (b) मांडू

(c) असीरगढ़   (d) रामगढ़

255. अबुल फजल की मृत्यु इनमें से किसके कारण हुई?

(a) शहजादा सलीम

(b) अब्दुर रहीम खान-ए-खाना

(c) शहजादा मुराद

(d) शहजादा दानियल

256. अकबर की लोकप्रियता के कारण थे–

A. मनसबदारी प्रथा

B. धार्मिक नीति

C. भू-राजस्व व्यवस्था

D. सामाजिक सुधार

(a) A, B सही है   (b) B सही है

(c) C सही है   (d) सभी सही है

257. निम्नलिखित में से किस मुस्लिम शासक ने 'तीर्थयात्रा-कर' समाप्त कर दिया था?

(a) बहलोल लोदी   (b) शेरशाह

(c) हुमायूँ   (d) अकबर

258. निम्न में से किसको एक 'प्रबुद्ध निरंकुश' कहा जा सकता है?

(a) बाबर   (b) हुमायूँ

(c) अकबर   (d) औरंगजेब

259. अकबर के शासनकाल में पुनर्गठित केन्द्रीय प्रशासन तन्त्र के अन्तर्गत सैनिक विभाग का प्रमुख था–
(a) दीवान (b) मीर बख्शी
(c) मीर समन (d) बख्शी

260. अकबर कालीन सैन्य व्यवस्था आधारित थी–
(a) मनसबदारी
(b) जमींदारी
(c) सामंतवादी
(d) आइन-ए-दहशाला

261. अकबर द्वारा दीवान का पूर्णरूपेण दर्जा दिया जाने वाला प्रथम व्यक्ति था–
(a) आसफ खाँ
(b) मुनीम खाँ
(c) मुजफ्फर खाँ तुरबती
(d) राजा टोडरमल

262. अकबर की मनसबदारी प्रथा किस देश से उधार ली गयी थी?
(a) अफगानिस्तना (b) तुर्की
(c) मंगोलिया (d) फारस

263. 'जब्ती' प्रणाली किसकी उपज थी?
(a) गयासुद्दीन तुगलक
(b) सिकंदर लोदी
(c) शेरशाह
(d) अकबर

264. टोडरमल किस क्षेत्र में प्रसिद्ध थे?
(a) सैन्य अभियान (b) भू-राजस्व
(c) हास-परिहास (d) चित्रकला

265. इनमें से किस कर व्यवस्था को बंदोबस्त व्यवस्था के नाम से जाना जाता है?
(a) जब्ती (b) दहसाला
(c) नसक (d) कानकुट

266. टोडरमल सम्बन्धित थे–
(a) कानून से
(b) मालगुजारी सुधारों से
(c) साहित्य से
(d) संगीत से

267. अकबर ने 'दीन-ए-इलाही' किस वर्ष में प्रारंभ किया?
(a) 1570 (b) 1578
(c) 1581 (d) 1582

268. 'दीन-ए-इलाही' का प्रचार किस शासक ने किया था?
(a) बाबर (b) अकबर
(c) औरंगजेब (d) शाहजहाँ

269. किस इतिहसाकार ने 'दीन-ए-इलाही' को एक धर्म कहा?
(a) अबुल फजल
(b) अब्दुल कादिर बदायूँनी
(c) निजामुद्दीन
(d) इनमें से कोई नहीं

270. 'इबादत खाने' का निर्माण किसने करवाया?
(a) औरंगजेब
(b) अलाउद्दीन खिलजी
(c) अकबर
(d) फिरोज तुगलक

271. कौन-सा स्मारक फतेहपुर सीकरी में नहीं है?
(a) स्वर्ण महल
(b) पंच महल
(c) जोधाबाई का महल
(d) अकबरी महल

272. दिल्ली में कौन-सा ऐतिहासिक स्मारक भारतीय तथा फारसी वास्तुकला शैली का उदाहरण है?
(a) कुतुबमीनार
(b) लोदी का मकबरा
(c) हुमायूँ का मकबरा
(d) लाल किला

273. 'सुलह-ए-कुल' का सिद्धान्त किसके द्वारा प्रतिपादित किया गया था?
(a) निजामुद्दीन औलिया
(b) अकबर
(c) जैनुल आबेदीन
(d) शेख नासिरुद्दीन

274. किस मुगल बादशाह के विरुद्ध जौनपुर से 'फतवा' जारी हुआ था?
(a) हुमायूँ (b) अकबर
(c) शाहजहाँ (d) औरंगजेब

275. निम्न में से किसका निर्माण अकबर ने करवाया था?
(a) बुलंद दरवाजा
(b) जामा मस्जिद
(c) कुतुबमीनार
(d) ताजमहल

276. निम्न में से मुगल सम्राट ने शिक्षा सम्बन्धी सुधार किये थे?
(a) जहाँगीर (b) शाहजहाँ
(c) हुमायूँ (d) अकबर

277. अकबर द्वारा बनायी गयी कौन-सी इमारत का नक्शा बौद्ध विहार की तरह है?
(a) पंच महल
(b) दीवान-ए-खास
(c) जोधाबाई का महल
(d) बुलंद दरवाजा

278. फतेहपुर सीकरी में अकबर ने निर्मित कराया था–
(a) मोती महल
(b) पंचमहल
(c) रंगमहल
(d) हीरा महल

279. जहाँगीर महल स्थित है–
(a) दिल्ली
(b) औरंगाबाद
(c) आगरा
(d) लाहौर

280. अकबर का मकबरा कहाँ पर स्थित है?
(a) सिकंदरा (b) आगरा
(c) औरंगाबाद (d) फतेहपुर सीकरी

281. महाभारत का फारसी अनुवाद किसके निर्देशन में हुआ?
(a) उत्बी (b) नाजिरी
(c) अबुल फजल (d) फैजी

282. महाभारत का फारसी अनुवाद का शीर्षक है–
(a) अनवार-ए-सुहेली
(b) रज्मनामा
(c) हश्त बहिश्त
(d) अपारदानिश

283. रामायण का फारसी में अनुवाद किसने किया था?
(a) अबुल फजल (b) बदायूँनी
(c) फैजी (d) रहीम

284. जैन साधु जो अकबर के दरबार में कुछ वर्ष रहा?
(a) हेमचन्द्र (b) हरिविजय सूरि
(c) जिनसेन (d) उमास्वाति

285. अकबर के समय का प्रसिद्ध चित्रकार था–
(a) अबुल हसन
(b) दसवंत
(c) किशनदास
(d) उस्ताद मंसूर

286. इंग्लैंड की रानी एलिजाबेथ प्रथम का समकालीन भारतीय राजा था–
(a) अकबर (b) शाहजहाँ
(c) औरंगजेब (d) बहादुरशाह

287. किस मध्यकालीन भारतीय लेखक ने अमेरिका की खोज का उल्लेख किया–
(a) मलिक मोहम्मद जायसी
(b) अमीर खुसरो
(c) रसखान
(d) अबुल फजल

288. अकबर के दरबार में आने वाला पहला अंग्रेज व्यक्ति था–
(a) रॉल्फ फिंच
(b) सर थॉमस रो
(c) जॉन हॉकिंस
(d) पीटर मुंडी

289. अकबर ने बंगाल तथा बिहार को मुगल साम्राज्य में मिलाया–
(a) 1590 ई० (b) 1575 ई०
(c) 1576 ई० (d) 1572 ई०

290. 'दो अस्पा' एवं 'सिंह-आस्पा' प्रथा किसने शुरु की थी?
(a) अकबर (b) जहाँगीर
(c) शाहजहाँ (d) औरंगजेब

291. चित्तौड़ की संधि किस शासक के शासनकाल में हस्ताक्षरित हुई थी?
(a) अकबर (b) जहाँगीर
(c) शाहजहाँ (d) औरंगजेब

292. ईस्ट इंडिया कंपनी ने जहाँगीर के दरबार में सर्वप्रथम किसे भेजा?
(a) सर थॉमस रो (b) वास्कोडिगामा
(c) हॉकिंस (d) जॉवचार्नाक

293. जेम्स प्रथम का राजदूत कौन था?
(a) विलियम हॉकिंस
(b) विलियम फिंच
(c) पीट्रा डेला विला
(d) एडवर्ड टेरी

294. किस अंग्रेज को जहाँगीर ने 'खान' की उपाधि दी?
(a) हॉकिंस
(b) सर टॉमस रो
(c) एडवर्ड टेरी
(d) उपरोक्त में से कोई नहीं

295. इंग्लैण्ड के जेम्स प्रथम के राजदूत सर थॉमस रो किस वर्ष भारत आये थे?
(a) 1616 (b) 1615
(c) 1516 (d) 1614

296. जहाँगीर ने थॉमस रो को कहाँ मिलने का अवसर दिया था?
(a) आगरा (b) अजमेर
(c) दिल्ली (d) फतेहपुर सीकरी

297. इंग्लैण्ड का कौन-सा दूत जहाँगीर के पीछे अजमेर से माँडू आया?
(a) क्लाइव (b) थॉमस रो
(c) लॉर्ड एस्टर (d) क्लाइड

298. एक डच पर्यटक जिसने जहाँगीर के शासनकाल का विवरण दिया था?
(a) पेलसर्ट (b) हॉकिंस
(c) मनूची (d) पीटर मुंडी

299. जहाँगीर का मकबरा कहाँ है?
(a) आगरा (b) दिल्ली
(c) लाहौर (d) श्रीनगर

300. मुगल चित्रकला किसके राज्यकाल में अपनी पराकाष्ठा पर पहुँची?
(a) हुमायूँ (b) अकबर
(c) जहाँगीर (d) शाहजहाँ

301. निम्न चित्रकार को जहाँगी ने 'नादिर-उल-जमा' की पदवी दी थी?
(a) अबुल हसन (b) फार्रुख बेग
(c) बिशनदास (d) आगा रजा

302. किस चित्रकार को जहाँगीर ने 'नादिर-उल-असर की उपाधि दी?
(a) दौलत (b) बिशनदास
(c) मनोहर (d) मंसूर

303. जहाँगीर के दरबार में पक्षियों का सबसे बड़ा चित्रकार था–
(a) अब्दुस्समद
(b) सैयद अली तब्रीजी
(c) बसावन
(d) मंसूर

304. किस मुगल बादशाह ने अपनी आत्मकथा फारसी में लिखी?
(a) बाबर (b) अकबर
(c) जहाँगीर (d) औरंगजेब

305. अबुल फजल के हत्यारे को पुरस्कृत किया था–
(a) अकबर ने
(b) जहाँगीर ने
(c) मानसिंह ने
(d) उपर्युक्त में से कोई नहीं

306. खुसरो किस मुगल बादशाह का पुत्र था?
(a) अकबर
(b) जहाँगीर
(c) शाहजहाँ
(d) बहादुरशाह प्रथम

307. निम्न में से कौन नूरजहाँ के गुट का सदस्य नहीं था?
(a) जहाँगीर (b) गियास बेग
(c) आसफ खाँ (d) खुर्रम

308. ऐतमादुद्दौला का मकबरा आगरा से किसने बनवाया था?
(a) अकबर (b) जहाँगीर
(c) नूरजहाँ (d) शाहजहाँ

309. गोविंद महल कहाँ स्थित है?
(a) दतिया में (b) खजुराहो में
(c) ओरछा में (d) ग्वालियर में

310. ईरान के शाह और मुगल शासकों के बीच झगड़े की जड़ क्या थी?
(a) काबुल (b) कंधार
(c) कुंदुज (d) गजनी

311. शाहजहाँ के शासनकाल का राजकवि कौन था?
(a) कुलीन (b) काशी
(c) कुदसी (d) मुनीर

312. मुमताज महल का असली नाम था–
(a) अर्णुमंद बानो बेगम
(b) लाडली बेगम
(c) मेहरुनिसा
(d) रोशनआरा

313. हिंदू तथा ईरानी वास्तुकला का सर्वप्रथम समन्वय हमें देखने को मिलता है–
(a) ताजमहल
(b) लाल किले में
(c) पंचमहल में
(d) शेरशाह के मकबरे में

314. किस मुगल बादशाह ने दिल्ली की जामा मस्जिद का निर्माण करवाया?
(a) अकबर (b) जहाँगीर
(c) शाहजहाँ (d) औरंगजेब

315. निम्न में से किसने साम्राज्य की राजधानी आगरा से दिल्ली स्थानांतरित की?
(a) अकबर (b) जहाँगीर
(c) शाहजहाँ (d) औरंगजेब

316. दिल्ली के लाल किले का निर्माण करवाया था–
(a) अकबर (b) नूरजहाँ
(c) शाहजहाँ (d) औरंगजेब

317. उपनिषदों का फारसी में अनुवाद किस मुगल साम्राज्य के शासनकाल में हुआ?
(a) शाहजहाँ (b) अकबर
(c) जहाँगीर (d) औरंगजेब

318. इनमें से किसे शाहजहाँ ने 'शाह बुलंद इकबाल' की पदवी दी थी?
(a) दारा शिकोह (b) शूजा
(c) औरंगजेब (d) मुराद

319. दारा शिकोह के किस शीर्षक के अन्तर्गत उपनिषदों का फारसी में अनुवाद किया था?
(a) अल-फिहरिश्त
(b) किताब-अल-बयाँ
(c) मज्म-उल-बहरीन
(d) सिर्र-ए-अकबर

320. किस इतिहसाकार ने शाहजहाँ के शासनकाल को मुगलकाल का स्वर्ण युग कहा?
(a) वी०ए० स्मिथ
(b) जे०एन० सरकार
(c) ए०एल० श्रीवास्तव
(d) उपर्युक्त में से कोई नहीं

321. सुप्रसिद्ध 'कोहिनूर' हीरा शाहजहाँ को किसने उपहार में दिया था?
(a) औरंगजेब
(b) मुराद
(c) मीर जुमला
(d) अबुल हसन कुत्बशाह

322. किस मुगल बादशाह ने बलबन द्वारा प्रारंभ किया गया दरबारी रिवाज 'सिजदा' समाप्त कर दिया था?
(a) अकबर (b) जहाँगीर
(c) शाहजहाँ (d) औरंगजेब

323. निम्नलिखित में से कौन शाहजहाँ के शासनकाल में अधिकांश समय तक दक्कन का गवर्नर रहा था?
(a) दारा शिकोह (b) मुराद बख्श
(c) शाह शुजा (d) औरंगजेब

325. धरमट का युद्ध किनके बीच लड़ा गया?
(a) मुहम्मद गोरी तथा जयचंद
(b) बाबर तथा अफगान
(c) औरंगजेब तथा दारा शिकोह
(d) अहमद शाह दुर्रानी तथा मराठा

326. धरमट किस राज्य में स्थित है?
(a) राजस्थान (b) मध्य प्रदेश
(c) गुजरात (d) उत्तर प्रदेश

327. मुगल शहजदा जिसने श्रीनगर गढ़वाल में आश्रम लिया था?
(a) मुराद
(b) औरंगजेब
(c) दारा शिकोह
(d) सुलेमान शिकोह

328. औरंगजेब के पुत्र ने विद्रोह करके राजपूतों के विरुद्ध अपने पिता की स्थिति दुर्बल कर दी थी–
(a) आजम　　(b) अकबर
(c) मुअज्जम　(d) कामबक्श

329. किस मुगल सेनापति के साथ शिवाजी ने 1665 ई० में पुरंदर की संधि पर हस्ताक्षर किये थे?
(a) दिलेर खाँ
(b) जयसिंह
(c) जसवंत सिंह
(d) शाइस्ता खाँ

330. किस मुगल बादशाह को 'जिंदा पीर' कहा जाता था?
(a) अकबर　　(b) औरंगजेब
(c) शाहजहाँ　(d) जहाँगीर

331. औरंगजेब के काल में कौन यूरोपीय यात्री भारत आया?
(a) विलियम हॉकिंस
(b) टॉमस रो
(c) एंटोनियो मोंसराट
(d) पीटर मुंडी

332. औरंगजेब ने बीजापुर को कब जीता था?
(a) 1685　　(b) 1686
(c) 1687　　(d) 1684

333. औरंगजेब में दक्षिण में जिन दो राज्यों को विजय किया, वह थे–
(a) अहमदनगर एवं बीजापुर
(b) बीदर एवं बीजापुर
(c) बीजापुर एवं गोलकुंडा
(d) गोलकुंडा एवं अहमदनगर

334. किस बादशाह के अन्तर्गत मुगल सेना में सर्वाधिक हिंदू सेनापति थे?
(a) हुमायूँ　　(b) अकबर
(c) जहाँगीर　(d) औरंगजेब

335. 'जजिया' किसके शासनकाल में पुनः लगाया गया था?
(a) अकबर　　(b) औरंगजेब
(c) जहाँगीर　(d) हुमायूँ

336. औरंगजेब द्वारा चलाये 'जिहाद' का अर्थ है–
(a) दारुल-हर्ब　(b) दारुल-इस्लामी
(c) होली वॉर　(d) जजिया

337. 'बीबी का मकबरा' का निर्माता था–
(a) हुमायूँ　　(b) शाहजहाँ
(c) अकबर द्वितीय (d) औरंगजेब

338. कौन-सा मकबरा 'द्वितीय ताजमहल' कहलाता है?
(a) अनारकली का मकबरा
(b) एत्माद-उद-दौला का मकबरा
(c) राबिया-उद-दौरानी का मकबरा
(d) इनमें से कोई नहीं

339. निम्नलिखित में से कौन सम्राट औरंगजेब की पुत्री थी?
(a) जहाँआरा　　(b) रोशन आरा
(c) गौहर आरा　(d) मेहरुन्निसा

340. औरंगजेब ने किसको 'साहिबात-उज-जमानी' की उपाधि प्रदान की?
(a) शाइस्ता खान
(b) अमीन खान
(c) जहाँआरा　　(d) रोशन आरा

341. संत रामदास किसके समकालीन थे?
(a) अकबर　　(b) जहाँगीर
(c) शाहजहाँ　(d) औरंगजेब

342. दिल्ली के लाल किले में मोती मस्जिद का निर्माण किया था–
(a) अकबर　　(b) जहाँगीर
(c) शाहजहाँ　(d) औरंगजेब

343. मुगल प्रशासन के दौरान जिले को किस नाम से जाना जाता था?
(a) अहर　　(b) विश्यास
(c) सूबा　　(d) सरकार

344. मुगलकाल में सेना प्रधान को क्या कहते थे?
(a) शहना-ए-पील
(b) मीर बख्शी
(c) वजीर
(d) सवाहेनिगार

345. निम्न में से किसे मुगल सेना में चिकित्सक नियुक्त किया गया था?
(a) बर्नियर को　(b) कोरी को
(c) मनूची को　(d) टेवर्नियर को

346. मुगल प्रशासन में 'मुहतसिब' था–
(a) सेना अधिकारी
(b) विदेश विभाग का मुख्य

(c) लोक आचरण अधिकारी
(d) पत्र व्यवहार विभाग

347. मुगलकालीन भारत में राज्य की आय का प्रमुख स्रोत क्या था?
(a) लूट (b) राजगत संपत्ति
(c) भू-राजस्व (d) कर

348. मुगल प्रशासनिक शब्दावली में 'माल' प्रतिनिधित्व करता है–
(a) भू-राजस्व
(b) राजगत संपत्ति
(c) भत्तों का
(d) इनमें से कोई नहीं

349. मुगल सम्राट जिसने तंबाकू के प्रयोग पर निषेध लगाया था?
(a) अकबर (b) बाबर
(c) जहाँगीर (d) औरंगजेब

350. मुगल प्रशासन में 'मदद-ए-माश' क्या था?
(a) चुंगी कर
(b) राजस्व मुक्त भूमि
(c) पेंशन
(d) बुवाई कर

351. किस राजा ने रामसीता की आकृतियों और 'रामसीय' देवनागरी लेख से युक्त कुछ सिक्के चलाये?
(a) भोज
(b) सिद्धराज जयसिंह
(c) जैन उल आबिदीन
(d) अकबर

352. मुगल शासन में 'ताँबे का सिक्का' क्या कहलाता था?
(a) रुपया (b) दाम
(c) टंका (d) शम्सी

353. मध्यकाल में बँटाई शब्द का अर्थ था–
(a) धार्मिक कर
(b) लगान निर्धारण का तरीका
(c) धन कर
(d) संपत्ति कर

354. मुगल चित्रकला के विषय में कौन-सा कथन सत्य है?
(a) युद्ध-दृश्य (b) प्राकृतिक दृश्य
(c) दरबारी चित्रण (d) उपर्युक्त सभी

355. चित्रकला की मुगल शैली का प्रारंभ किया था–
(a) अकबर ने (b) हुमायूँ ने
(c) जहाँगीर ने (d) शाहजहाँ ने

356. चित्रकला में किस कलम चित्रकला पर मुगल चित्रकला का प्रभाव नहीं पड़ा?
(a) पहाड़ी (b) राजस्थानी
(c) कांगड़ा (d) कालीघाट

357. 'दास्तान-ए-अमीर हम्जा' का चित्रांकन किसके द्वारा किया गया?
(a) अब्दुस्समद
(b) मंसूर
(c) मीर सैयद अली
(d) अबुल हसन

358. मुगल चित्रकला ने किसके शासनकाल में उन्नति की?
(a) औरंगजेब (b) अकबर
(c) जहाँगीर (d) शाहजहाँ

359. 'किशनगढ़' शैली किस कला के लिए प्रसिद्ध है?
(a) मंदिरकला (b) चित्रकला
(c) युद्धशैली (d) मूर्तिकला

360. निम्न में से कौन-सा एक संगीत वाद्य बजाने में औरंगजेब की दक्षता थी?
(a) सितार
(b) पखावज
(c) वीणा
(d) इनमें से कोई नहीं

361. प्रातःकाल में गाया जाने वाला राग है–
(a) तोड़ी (b) दरबारी
(c) भोपाली (d) भीमपलासी

362. तानेसन का मकबरा स्थित है?
(a) आगरा में (b) ग्वालियर में
(c) झाँसी में (d) जयपुर में

363. तानसेन का मूल नाम था–
(a) करचन्द्र पांडेय (b) रामतनु पांडेय
(c) लाल कलावंत (d) बाज बहादुर

364. गुलबदन बेगम पुत्री थी–
(a) बाबर की (b) हुमायूँ की
(c) शाहजहाँ की (d) औरंगजेब की

365. मुगलकाल में किस महिला में ऐतिहासिक विवरण लिखे?
(a) गुलबदन बेगम
(b) नूरजहाँ बेगम
(c) जहाँआरा बेगम
(d) जेबुन्निसां बेगम

366. 'हुमायूँनामा' की रचना किसने की थी?
(a) बाबर
(b) हुमायूँ
(c) गुलबदन बेगम
(d) जहाँगीर

367. दिल्ली का वह शिक्षा केन्द्र जो मदरसा-ए-बेगम कहलाता था, किसके द्वारा स्थापित किया गया था?
(a) गुलबदन बेगम
(b) माहम अनगा
(c) जिया उन्निसा
(d) जीनत उन्निसा

368. हितोपदेश का फारसी अनुवाद किसने किया था?
(a) दारा शिकोह
(b) फैजी
(c) बदायूँनी
(d) ताजुल माली

369. निम्न मुसलमान विद्वानों में से हिन्दी साहित्य के लिए किसका सबसे महत्त्वपूर्ण योगदान है?
(a) अबुल फजल
(b) फैजी
(c) अब्दुर्रहीम खानखाना
(d) बदायूँनी

370. 'अनवार-ए-सुहाइली' नामक ग्रन्थ किस ग्रन्थ का अनुवाद है?
(a) पंचतंत्र
(b) महाभारत
(c) रामायण
(d) सूरसागर

371. अब्दुल हामिद लाहौरी कौन था?
(a) सैनय कमांडर
(b) इतिहासकार
(c) सामंत
(d) कवि

372. अबुल फजल द्वारा 'अकबरनामा' पूरा किया गया?
(a) सात वर्षों में
(b) आठ वर्षों में
(c) नौ वर्षों में
(d) दस वर्षों में

373. मुगलकाल में दरबारी भाषा थी–
(a) अरबी
(b) तुर्की
(c) फारसी
(d) उर्दू

374. मुगलों की अदालत में भाषा थी–
(a) तुर्की
(b) फारसी
(c) उर्दू
(d) अरबी

375. नस्तालीक क्या है?
(a) मध्यकालीन फारसी लिपि
(b) एक राग
(c) उपकर
(d) आचार संहिता

376. वह राजा जिसने नागरीदास के नाम से कृष्ण की प्रशंसा में छंद लिखे–
(a) राजा उमेद सिंह
(b) राजा राम सिंह
(c) राजा छत्रसाल
(d) राजा सावंत सिंह

377. किसने 'रामचन्द्रिका' एवं 'रसिकप्रिया' की रचना की थी?
(a) केशव
(b) मतिराम
(c) रसखान
(d) सेनापति

378. हेमचन्द्र विक्रमादित्य भारतीय इतिहास में किस नाम से जाने जाते हैं?
(a) पूरनमल
(b) मालदेव
(c) राना साँगा
(d) हेमू

379. अकबर की मृत्यु कब हुई?
(a) 1605
(b) 1606
(c) 1604
(d) 1616

380. औरंगजेब की मृत्यु कब हुई?
(a) 1707
(b) 1706
(c) 1705
(d) 1702

381. शिवाजी की मृत्यु कब हुई?
(a) 1680
(b) 1681
(c) 1690
(d) 1691

382. पानीपत का तीसरा युद्ध कब हुआ?
(a) 1192
(b) 1707
(c) 1761
(d) 1605

383. पानीपत की दूसरी लड़ाई कब हुई?
(a) 1556
(b) 1526
(c) 1761
(d) 1739

384. असीरगढ़ का युद्ध कब हुआ?
   (a) 1601   (b) 1761
   (c) 1602   (d) 1192
385. अता अली खाँ किसका नाम था?
   (a) अबुल फजल (b) फैजी
   (c) तानेसन   (d) टोडरमल
386. मुगलकाल में किस बंदरगाह को 'बाबुल मक्का' कहा जाता था?
   (a) कालीकट   (b) भरुच
   (c) कैंबे   (d) सूरत
387. मुगलकाल में 'मौल्लिम' था—
   (a) एक कर
   (b) एक प्रशासनिक इकाई
   (c) एक शासक
   (d) एक कर्मचारी
388. अमृतसर नगर की स्थापना किसने की?
   (a) गुरु नानक
   (b) गुरु गोविंद सिंह
   (c) गुरु तेग बहादुर
   (d) गुरु राम दास
389. किस सिख गुरु को अकबर ने 500 बीघा जमीन दी थी?
   (a) अर्जुनदेव   (b) रामदास
   (c) हरराय   (d) तेग बहादुर
390. गुरु नानक ने अपना उत्तराधिकारी किसे नियुक्त किया था?
   (a) गुरु राम दास (b) गुरु अमर दास
   (c) गुरु हर राय   (d) गुरु अंगद
391. गुरु ग्रन्थ साहेब का संकलन किसने किया था?
   (a) गुरु नानक देव
   (b) गुरु तेग बहादुर
   (c) गुरु गोविंद सिंह
   (d) गुरु अर्जुन देव
392. किस सिख गुरु की मृत्यु के लिए औरंगजेब जिम्मेदार है?
   (a) गुरु गोविंद सिंह
   (b) गुरु तेग बहादुर
   (c) गुरु रामदास
   (d) गुरु अंगद देव
393. निम्न में से किस स्थान पर प्रसिद्ध गुरुद्वारा है?
   (a) रुपकुंड   (b) हेमकुंड
   (c) ताराकुंड   (d) ब्रह्मकुंड
394. पटना में किस सिख गुरु का जन्म हुआ था?
   (a) नानक   (b) तेग बहादुर
   (c) हरगोविंद   (d) गोविंद सिंह
395. किसकी समाधि नांदेड़ में है?
   (a) अमरदास   (b) अंगद
   (c) अर्जुन देव   (d) गोविंद सिंह
396. खालसा पंथ कितने वर्ष पहले प्रारंभ हुई?
   (a) 150   (b) 300
   (c) 200   (d) 400
397. किस सिख गुरु ने खालसा पंथ की स्थापना की थी?
   (a) गुरु गोविंद सिंह
   (b) गुरु तेग बहादुर
   (c) गुरु अर्जुन देव
   (d) गुरु नानक देव
398. सिखों के अंतिम गुरु कौन थे?
   (a) गुरु अर्जुन देव
   (b) गुरु गोविंद सिंह
   (c) गुरु तेग बहादुर
   (d) इनमें से कोई नहीं
399. बंदा बहादुर का मूल नाम था—
   (a) महेश दास   (b) लच्छन देव
   (c) द्वारका दास (d) हरनाम दास
400. सिख साम्राज्य का अंतिम शासक था—
   (a) दलीप सिंह
   (b) नौनिहाल सिंह
   (c) रणजीत सिंह
   (d) शेर सिंह

आधुनिक भारतीय इतिहास

1. वास्कोडिगामा कालीकट पर किस वर्ष में आया?
   (a) 1350 AD (b) 1498 AD
   (c) 1530 AD (d) 1612 AD
2. पुर्तगाली उपनिवेश का प्रथम वायसराय कौन था?
   (a) डियाज (b) वास्कोडिगामा
   (c) अल्मीड़ा (d) अल्बुकर्क
3. वास्कोडिगामा का कालीकट में स्वागत किया था–
   (a) गेस्पर कोरिया (b) अल्बुकर्क
   (c) जमोरिन (d) डॉन अलमेड़ा
4. भारत में पुर्तगाली शक्ति का वास्तविक संस्थापक कौन था?
   (a) वास्कोडिगामा (b) अलबुकर्क
   (c) डायज (d) ऑक्सड़न
5. पुर्तगालियों ने भारत में निम्न में से किस स्थान पर प्रथम दुर्ग का निर्माण किया था?
   (a) अञ्जीदीव में (b) कन्नानोर में
   (c) कोचीन में (d) गोवा में
6. मध्यकाल में सर्वप्रथम भारत में व्यापार सम्बन्ध स्थापित करने वाले थे–
   (a) डच (b) अंग्रेज
   (c) फ्रांसीसी (d) पुर्त्तगाली
7. किन यूरोपियों ने भारत में प्रथमत: व्यापारिक केन्द्र स्थापित किये?
   (a) अंग्रेज (b) फ्रांसीसी
   (c) पुर्तगाली (d) डच
8. बंगाल में पुर्तगालियों द्वारा स्थापित फैक्ट्रियाँ कहाँ थीं?
   (a) बांदेल (b) चिनसुरा
   (c) हुगली (d) श्रीरामपुर
9. हुगली को बंगाल की खाड़ी में समुद्री लूटपाट के लिए किसने अड्डा बनाया था?
   (a) पुर्तगालियों ने
   (b) फ्रांसीसियों ने
   (c) डेनमार्क वासी
   (d) अंग्रेज
10. कलकत्ता का संस्थापक कौन था?
    (a) चार्ल्स आयर
    (b) जॉब चारनॉक
    (c) गैरोल्ड अंगियार
    (d) विलियम नौरिस
11. भारत के साथ व्यापार के लिए सर्वप्रथम संयुक्त पूँजी कंपनी किन लोगों ने आरंभ की?
    (a) पुर्तगाली (b) डच
    (c) फ्रेंच (d) डेनिश
12. किस ब्रिटिश कंपनी को भारत में व्यापार करने का पहला अधिकार पत्र प्राप्त हुआ था?
    (a) लीवेंट कंपनी
    (b) ईस्ट इंडिया कंपनी
    (c) दी इंग्लिश कंपनी
    (d) ओस्टेंड कंपनी
13. लंदन में ब्रिटिश ईस्ट इंडिया कम्पनी के गठन के समय भारत का बादशाह कौन था?
    (a) अकबर (b) जहाँगीर
    (c) शाहजहाँ (d) औरंगजेब
14. किस सम्राट के काल में इंग्लिश ईस्ट इंडिया कम्पनी ने भारत में सर्वप्रथम कारखाना स्थापित किया?
    (a) अकबर (b) जहाँगीर
    (c) शाहजहाँ (d) औरंगजेब
15. भारत में 1613 में अंग्रेजों ने अपनी पहली फैक्टरी कहाँ स्थापित की?
    (a) गोवा (b) हुगली
    (c) आरकोट (d) सूरत

16. किस अंग्रेज अधिकारी ने पुर्तगालियों को 'स्वाल्ली' में हराया था?
(a) विलियम हॉकिंस
(b) थॉमस बेस्ट
(c) थॉमस रो
(d) चाइल्ड

17. किसने सूरत में सर्वप्रथम अपना कारखाना स्थापित किया?
(a) डच (b) अंग्रेज
(c) फ्रांसीसी (d) पुर्तगाली

18. 1613 में अंग्रेजी ईस्ट इंडिया कंपनी को कहाँ कारखाना स्थापित करने की अनुमति मिली?
(a) बंगलौर (b) मद्रास
(c) मसूलीपट्टनम (d) सूरत

19. ब्रिटिश ईस्ट इंडिया कंपनी ने बंबई को किससे लिया था?
(a) डचों से (b) फ्रांसीसियों से
(c) डेनिशों से (d) पुर्तगालियों से

20. किस अंग्रेज गर्वनर को औरंगजेब द्वारा भारत से निष्कासित किया गया?
(a) आंगियर (b) जॉन चाइल्ड
(c) जॉन गेपर (d) निकोलस वेट

21. कर्नाटक युद्ध किस-किस उपनिवेशवादी ताकतों के मध्य लड़ा गया?
(a) अंग्रेज व फ्रांसीसी
(b) अंग्रेज व डच
(c) अंग्रेज व मराठे
(d) हैदर अली व मराठे

22. भारत में फ्रांसीसियों ने अपना सबसे पहला कारखाना कहाँ लगाया?
(a) सूरत (b) पुलिकट
(c) कोचीन (d) कासिम बाजार

23. किसे भारत में फ्रांसीसी कंपनी का संस्थापक माना जाता है?
(a) रिशलू (b) मजारे
(c) कॉल्बर्ट (d) फ्रैंको मार्टिन

24. बंगाल में कौन-सा कारखाना डचों ने स्थापित किया था?
(a) बंदेल (b) चिनसुरा
(c) हुगली (d) श्रीरामपुर

25. यूरोपवासियों को सर्वोत्तम शोरा और अफीम प्राप्त होता था–
(a) बिहार (b) गुजरात
(c) बंगाल (d) मद्रास

26. अंग्रेजी शासनकाल में अफीम उत्पादन हेतु प्रसिद्ध था–
(a) बिहार (b) दक्षिणी भारत
(c) गुजरात (d) असम

27. कौन यूरोपीय व्यापारी स्वतंत्रता पूर्व भारत में सबसे अंत में आये?
(a) डच (b) इंग्लिश
(c) फ्रांसीसी (d) पुर्तगाली

28. मुगल सम्राट द्वारा नियुक्त कौन बंगाल का अंतिम गवर्नर था?
(a) सरफराज खान
(b) मुर्शीद कुली खान
(c) अलीवर्दी खान
(d) मुहम्मद खान

29. वह कौन-सा युद्ध है, जिसने भारत में ब्रिटिश प्रभुत्व को प्रारंभ किया?
(a) बक्सर का युद्ध
(b) प्लासी का युद्ध
(c) मैसूर का युद्ध
(d) 1857 का स्वतंत्रता संग्राम

30. सिराजुद्दौला, लॉर्ड क्लाइव द्वारा किस युद्ध में परास्त हुआ था?
(a) प्लासी (b) बक्सर
(c) मुंगेर (d) वांडीवाश

31. भारतवर्ष में ब्रिटिश साम्राज्य का संस्थापक कौन था?
(a) वारेन हेस्टिंग्स
(b) एमहर्स्ट
(c) लॉर्ड रॉबर्ट क्लाइव
(d) विलियम बैंटिक

32. किसे 'स्वर्ग से उत्पन्न सेनानायक, कहा गया?
(a) अल्बुकर्क (b) रॉबर्ट क्लाइव
(c) डूप्ले (d) कार्नवालिस

33. प्लासी कहाँ स्थित है?

(a) बिहार (b) आन्ध्र प्रदेश

(c) उड़ीसा (d) पश्चिम बंगाल

34. प्लासी का युद्ध लड़ा गया था, वर्ष–

(a) 1761 (b) 1757

(c) 1760 (d) 1767

35. किसने अपनी राजधानी मुर्शिदाबाद से मुंगेर स्थानांतरित की?

(a) अलीवर्दी खाँ (b) सिराजुद्दौला

(c) मीर जाफर (d) मीर कासिम

36. सबसे अधिक निर्णायक युद्ध जिसने अंग्रेजों के भारत में प्रभुत्व को स्थापित किया था–

(a) बक्सर का युद्ध

(b) प्लासी का युद्ध

(c) वांडीवाश का युद्ध

(d) पानीपत का युद्ध

37. बक्सर के युद्ध के समय दिल्ली का शासक कौन था?

(a) औरंगजेब

(b) शाहआलम प्रथम

(c) बहादुरशाह जफर

(d) शाहआलम द्वितीय

38. किस शासक ने ईस्ट इंडिया कम्पनी को दीवानी प्रदान की थी?

(a) फर्रुखसियर

(b) शाहआलम प्रथम

(c) शाहआलम द्वितीय

(d) शुजाउद्दौला

39. सम्राट शाहआलम द्वितीय ने ईस्ट कम्पनी को बंगाल, बिहार तथा उड़ीसा की दीवानी प्रदान की–

(a) 12 अगस्त 1765

(b) 18 अगस्त 1765

(c) 29 अगस्त 1715

(d) 21 अगस्त 1765

40. इलाहाबाद की संधि के बाद राबर्ट क्लाइव ने मुर्शिदाबाद का उप दीवान किसे बनाया था?

(a) मुहम्मद रजा खान

(b) शिताब राय

(c) राय दुर्लभ

(d) सैयद गुलाम हुसैन

41. ब्रिटिश सबसे पहले किस पर्वतीय जनजाति के संपर्क में आये?

(a) गारो (b) खासी

(c) कूकी (d) टिरपराह

42. वांडिवाश का युद्ध कब हुआ?

(a) 1760 (b) 1761

(c) 1765 (d) 1766

43. निम्न में किसने भारत में अंग्रेजों का सर्वाधिक विरोध किया?

(a) मराठा (b) मुगल

(c) राजपूत (d) सिख

44. रणजीत सिंह के राज्य में सम्मिलित था?

(a) दिल्ली (b) काबुल

(c) मकराना (d) श्रीनगर

45. रणजीत सिंह किस मिसल से सम्बन्धित थे?

(a) सुकरचकिया (b) संधावालिया

(c) अहलूवायि (d) रामगढ़िया

46. महराजा रणजीत सिंह की राजधानी थी–

(a) अमृतसर (b) पटियाला

(c) लाहौर (d) कपूरथला

47. रणजीत सिंह ने सुप्रसिद्ध कोहिनूर हीरा प्राप्त किया था–

(a) शाहशुजा से (b) जमांशाह से

(c) दोस्त मोहम्मद (d) शेरअली

48. महराजा रणजीत सिंह के उत्तराधिकारी थे–

(a) हरिसिंह नलवा (b) खड्ग सिंह

(c) शेरसिंह (d) नौनिहाल सिंह

49. सिख राज्य का अंतिम राजा कौन था?

(a) खड़क सिंह

(b) शेरसिंह

(c) नव निहाल सिंह

(d) दलीप सिंह

50. प्रथम आंग्ल-मैसूर युद्ध (1766-69) में कौन विजयी हुआ?

(a) अंग्रेज

(b) हैदर अली

(c) मराठा
(d) हैदराबाद का निजाम

51. किस ब्रिटिश जनरल ने हैदर अली को पोर्टोनोवो के युद्ध में हराया?
(a) कैप्टन पॉपहेम (b) सर आपरकूट
(c) हेक्टर मुनरो (d) जनरल गोड्डार्ड

52. टीपू सुल्तान ने अपनी राजधानी बनायी–
(a) श्रीरंगपट्टनम (b) मैसूर
(c) बंगलौर (d) कोयम्बटूर

53. टीपू सुल्तान ने ब्रिटिश सेना को 1780 में हराया था–
(a) हैदराबाद में (b) पोलीलुर में
(c) सेरिंगपटनम में (d) निजामाबाद में

54. अंग्रेजों में श्रीरंगपट्टनम की संधि किसके साथ की थी?
(a) हैदर अली (b) डूप्ले
(c) टीपू सुल्तान (d) नन्दराम

55. टीपू सुल्तान अंग्रेजों के साथ युद्ध में कब मारे गये?
(a) 1857 (b) 1799
(c) 1793 (d) 1769

56. बेगम समरु ने एक अति प्रसिद्ध चर्च का निर्माण करवाया–
(a) माउन्ट आबू में (b) नैनीताल में
(c) सरधना में (d) कानपुर में

57. भारत के प्रथम गर्वनर जनरल थे–
(a) रॉबर्ट क्लाइव (b) वारेन हेस्टिंग्स
(c) लॉर्ड मेयो (d) लॉर्ड डलहौजी

58. कलकत्ता में एशियाटिक सोसायटी की स्थापना के समय बंगाल का गवर्नर जनरल कौन था?
(a) कार्नवालिस (b) वारेन हेस्टिंग्स
(c) लॉर्ड वेलेस्ली (d) लॉर्ड बेटिंग

59. 'सुरक्षा प्रकोष्ठ' की नीति सम्बन्धित है–
(a) वारेन हेस्टिंग्स (b) लार्ड डलहौजी
(c) हेनरी लारेंस (d) लार्ड हेस्टिंग्स

60. किसने बंगाल में द्वैध-शासन प्रणाली को समाप्त किया?
(a) राबर्ट क्लाइव
(b) कार्नवालिस
(c) वारेन हेस्टिंग्स
(d) उपर्युक्त में से कोई नहीं

61. किस गवर्नर जनरल पर महाभियोग का मुकदमा चलाया गया?
(a) वॉरेन हेस्टिंग्स (b) लॉर्ड क्लाइव
(c) कार्नवालिस (d) लॉर्ड वेलेजली

62. भारत में न्यायिक संगठन की स्थापना किसने की?
(a) लॉर्ड मेयो
(b) लॉर्ड कार्नवालिस
(c) लॉर्ड एटली
(d) लॉर्ड कर्जन

63. किस गवर्नर जनरल ने भारतीय सिविल सेवा का प्रारंभ किया?
(a) वारेन हेस्टिंग्स
(b) वेलेजली
(c) कार्नवालिस
(d) विलियम बेंटिक

64. लॉर्ड कार्नवालिस की कब्र कहाँ स्थित है?
(a) गाजीपुर (b) बलिया
(c) वाराणसी (d) गोरखपुर

65. 1802 की 'बसीन की संधि' पर हस्ताक्षर किसके मध्य हुआ था?
(a) अंग्रेज तथा बाजीराव I
(b) अंग्रेज तथा बाजीराव II
(c) फ्रांसीसी तथा बाजीराव I
(d) डच तथा बाजीराव II

66. लॉर्ड वेलेजली की 'सहायक संधि' को स्वीकार करने वाला पहला मराठा था–
(a) पेशवा बाजीराव II
(b) रधुजी भोंसलें
(c) दौलतराव सिंधिया
(d) उपर्युक्त में से कोई नहीं

67. 'सहायक संधि' को किसके काल में क्रियान्वित किया गया?
(a) लॉर्ड कार्नवालिस
(b) वेलेजली
(c) सर जान शोर
(d) लॉर्ड ऑकलैंड

68. सहायक संधि स्वीकार करने वाले प्रथम भारतीय देशी शासक थे–
(a) ग्वालियर के सिंधिया
(b) हैदराबाद के निजाम
(c) पंजाब के दलीप सिंह
(d) बड़ौदा के गायकवाड़

69. 'सहायक संधि' को किसने स्वीकार नहीं किया–
(a) हैदराबाद के निजाम
(b) इंदौर के होल्कर
(c) जोधपुर के राजपूत
(d) मैसूर के शासक

70. आंग्ल-नेपाल युद्ध किसके शासनकाल में हुआ था?
(a) लॉर्ड कॉर्नवालिस
(b) लॉर्ड हेस्टिंग्स
(c) लॉर्ड वेलेजली
(d) वारेन हेस्टिंग्स

71. तृतीय आंग्ल-मराठा युद्ध सम्बन्धित है–
(a) सर जॉन शोर
(b) लॉर्ड वेलेजली
(c) लॉर्ड हेस्टिंग्स
(d) लॉड कार्नवालिस

72. ठगों का दमन किसने किया?
(a) जनरल प्रेंडरगास्ट
(b) कैप्टन स्लीमैन
(c) एलेक्जेंडर बर्न्स
(d) कैप्टन पेम्बरटन

73. 'सती प्रथा' पर पाबंदी किसने लगाई?
(a) वारेन हेस्टिंग्स
(b) लॉर्ड कर्जन
(c) विलियम बेंटिक
(d) लॉर्ड कैनिंग

74. विलियम बैंटिक के द्वारा 'सती प्रथा' किस वर्ष समाप्त की गयी?
(a) 1825 ई० (b) 1827 ई०
(c) 1829 ई० (d) 1830 ई०

75. किस वर्ष बंगाल से दासों के निर्यात को रोक दिया गया?
(a) 1764 (b) 1789
(c) 1858 (d) 1868

76. सिंध पर ब्रिटिश ने कब्जा किया–
(a) 1843 ई० में (b) 1845 ई० में
(c) 1849 ई० में (d) 1854 ई० में

77. लॉर्ड डलहौजी द्वारा अवध का अंग्रेजी राज्य में विलय निम्न में से किस रीति से हुआ था?
(a) अपहरण की नीति द्वारा
(b) युद्ध द्वारा
(c) सहायक संधि द्वारा
(d) कुप्रशासन के कारण

78. ब्रिटिश साम्राज्य में अवध का विलय कब हुआ था?
(a) 1853 (b) 1854
(c) 1855 (d) 1856

79. किसने विलय की नीति नियोजित एवं क्रियान्वित की?
(a) वेलेजली (b) हेस्टिंग्स
(c) डलहौजी (d) क्लाइव

80. अवध का ब्रिटिश रेजीडेंट कौन था, जब अवध का ब्रिटिश साम्राज्य में विलय हुआ?
(a) जेम्स आउट्रम (b) स्लीमैन
(c) हेवर (d) जनरल ली

81. भारत में प्रथम रेलवे लाईन किस ब्रिटिश गवर्नर के समय बिछाई गयी थी?
(a) लॉर्ड डलहौजी (b) लॉर्ड कर्जन
(c) लॉर्ड वेलेजली (d) लॉर्ड लिटन

82. भारत में प्रथम रेल लाइन का निर्माण किन नगरों के बीच हुआ था?
(a) हावड़ा से श्रीरामपुर
(b) मुम्बई से थाणे
(c) मद्रास से गुंटूर
(d) दिल्ली से आगरा

83. भारत में पहली रेलवे लाइन कब शुरू हुई?
(a) 1853 (b) 1850
(c) 1840 (d) 1890

84. किस कंपनी ने सर्वप्रथम भारत में रेल यात्रा प्रारंभ की?
(a) ईस्टर्न रेलवे
(b) ग्रेट इंडियन पेनिनसुला
(c) मद्रास रेलवे
(d) अवध-तिरहुत रेलवे

85. ब्रिटिश भारतीय राज्य क्षेत्र का अंतिम प्रमुख किसके समय हुआ?
(a) डफरिन (b) डलहौजी
(c) लिटन (d) कर्जन

86. 'पब्लिक वर्क्स डिपार्टमेंट' को 1845-1855 के दौरान स्वरूप देने वाले थे-
(a) लॉर्ड डलहौजी (b) कार्नवालिस
(c) ऑकलैंड (d) वारेन हेस्टिंग्स

87. 'विधवा पुनर्विवाह अधिनियम' किसके शासन में क्रियान्वित किया गया?
(a) लॉर्ड डलहौजी (b) लॉर्ड कैनिंग
(c) हेरनी हार्डिग (d) लॉर्ड लारेंस

88. 1 नवंबर 1858 को महारानी विक्टारिया का घोषणा पत्र इलाहाबाद में पढ़कर सुनाया था-
(a) लॉर्ड बेटिंक (b) लॉर्ड कैनिंग
(c) लॉर्ड बर्नहम (d) सर बटलर

89. कौन भारत का प्रथम वायसराय था?
(a) लॉर्ड क्लाइव
(b) लॉर्ड कार्नवालिस
(c) लॉर्ड कैनिंग
(d) लॉर्ड रिपन

90. महारानी विक्टोरिया को भारत की साम्राज्ञी नियुक्त किया गया-
(a) 1858 में (b) 1876 में
(c) 1877 में (d) 1855 में

91. किस गर्वनर जनरल ने भारत में दास प्रथा को समाप्त किया था?
(a) लॉर्ड कार्नवालिस
(b) एलेनबरो
(c) विलियम बेंटिक
(d) सर जॉन शोर

92. 'स्थायी बंदोबस्त' की शुरुआत की-
(a) वारेन हेस्टिंग्स
(b) लॉर्ड कार्नवालिस
(c) सर जॉन शोर
(d) लॉर्ड वेलेजली

93. पेशवाई को कब समाप्त किया गया था?
(a) 1858 (b) 1818
(c) 1861 (d) 1802

94. किसने 'चतुराई पूर्ण निष्क्रियता' की नीति को अपनाया?
(a) विलियम बेंटिक
(b) लॉर्ड कैनिंग
(c) लॉर्ड मेयो
(d) जॉन लॉरेंस

95. भारत में प्रथम जनगणना किसके कार्यकाल में हुई?
(a) लॉर्ड डफरिन (b) लॉर्ड लिटन
(c) लॉर्ड मेयो (d) लॉर्ड रिपन

96. किस वायसराय की हत्या अंडमान निकोबार द्वीप पर हुई?
(a) लॉर्ड कर्जन (b) लॉर्ड रिपन
(c) लॉर्ड मेयो (d) लॉर्ड मिंटो

97. अफगानिस्तान के प्रति एक जोश भरी अग्र नीति का अनुसरण किसने किया?
(a) मिंटो (b) डफरिन
(c) एल्गिन (d) लिटन

98. कौन भारत का वायसराय सबसे दीर्घकाल तक रहा?
(a) लॉर्ड कर्जन (b) लॉर्ड डफरिन
(c) लॉर्ड हार्डिंग (d) लॉर्ड मेयो

99. भारत में स्थानीय स्वायत्तशासी संस्थाएँ 1882 में सशक्त की गयी थी?
(a) जार्ज बार्ली द्वारा
(b) रिपन द्वारा
(c) कर्जन द्वारा
(d) लिटन द्वारा

100. भारतीय पुरातत्व सर्वेक्षण की स्थापना किसके द्वारा की गयी?
(a) वारेन हेस्टिंग्स (b) लॉर्ड वेलेजली
(c) लॉर्ड कर्जन (d) विलियम बेंटिक

101. प्राचीन स्मारक संरक्षण एक्ट किस गर्वनर जनरल के कार्यकाल में पारित हुआ था?
(a) लॉर्ड मिंटो (b) लॉर्ड लिनलिथगो
(c) कर्जन (d) कैनिंग

102. भारत में कर्जन की तुलना औरंगजेब से किसने की थी?
(a) बी०जी० तिलक
(b) गोखले
(c) दादाभाई नौरोजी
(d) एनी बेसेंट

103. 'फूट डालो और राज्य करो' की रणनीति अपनाई गयी थी–
(a) लॉर्ड कर्जन द्वारा
(b) लॉर्ड मिंटो द्वारा
(c) लॉर्ड डलहौजी द्वारा
(d) लॉर्ड वेलेजली द्वारा

104. पृथक निर्वाचन मंडल की व्यवस्था किसने की?
(a) लॉर्ड कर्जन (b) लॉर्ड डफरिन
(c) लॉर्ड हार्डिंग (d) लॉर्ड मिंटो

105. कौन भारत का एकमात्र यहूदी वायसराय था?
(a) लॉर्ड कर्जन (b) लॉर्ड कैनिंग
(c) लॉर्ड इर्विन (d) लॉर्ड रीडिंग

106. किसके शासनकाल में देश की राजधानी का स्थानांतरण हुआ था?
(a) लॉर्ड मिंटो (b) लॉर्ड हार्डिंग
(c) चेम्सफोर्ड (d) लॉर्ड रीडिंग

107. किसके शासनकाल में 'स्थायी बंदोबस्त' प्रारंभ किया गया था?
(a) वारेन हेस्टिंग्स (b) कार्नवालिस
(c) जॉन शोर (d) वेलेजली

108. 'स्थायी बंदोबस्त' किससे किया गया?
(a) जमींदारों से (b) किसानों से
(c) मजदूरों से (d) व्यापारियों से

109. लॉर्ड कॉर्नवालिस का स्थायी बन्दोबस्त लागू किया गया–
(a) 1787 ई० (b) 1789 ई०
(c) 1790 ई० (d) 1793 ई०

110. सर टॉमस मुनरो 'भू-राजस्व बंदोबस्त' से संबद्ध है–
(a) स्थायी बंदोबस्त
(b) महालवाड़ी बंदोबस्त
(c) रैयतवाड़ी बंदोबस्त
(d) इनमें से कोई नहीं

111. मद्रास के 'रैयतवाड़ी बंदोबस्त' से कौन सम्बन्धित थे?
(a) मेलकॉम (b) मेटकॉफ
(c) मुनरो (d) एलिफिंस्टन

112. रैयतवाड़ी प्रथा प्रारंभ की थी–
(a) टॉमस मुनरो (b) मार्टिन बर्ड
(c) कार्नवालिस (d) लॉर्ड डलहौजी

113. ब्रिटिश व्यवस्था में 'रैयतवाड़ी' भू-राजस्व संग्रह प्रचलित था–
(a) उत्तरी भारत में
(b) पूर्वी भारत में
(c) पश्चिमी भारत में
(d) दक्षिणी भारत में

114. अंग्रेजों के शासनकाल में भारत के 'आर्थिक दोहन' के सिद्धान्त को किसने प्रतिपादित किया?
(a) एम०एम० राय
(b) जयप्रकाश नारायण
(c) राममनोहर लोहिया
(d) दादाभाई नौरोजी

115. निम्न में से किसने 'निकास के सिद्धान्त' का प्रतिपादन किया था?
(a) दादाभाई नौरोजी
(b) गोपाल कृष्ण गोखले
(c) लोकमान्य तिलक
(d) गदन मोहन मालवीय

116. कौन दादाभाई नौरोजी के उत्सारण सिद्धान्त में विश्वास नहीं करता था?
(a) बाल गंगाधर तिलक
(b) आर०सी० दत्त
(c) एम०जी० रानाडे
(d) सर सयद अहमद खाँ

117. 'पावर्टी एंड द अनब्रिटिश रूल इन इंडिया' नामक पुस्तक किसने लिखी?
(a) अमर्त्यसेन
(b) रमेशचन्द्र दत्त

(c) गोपाल कृष्ण गोखले
(d) दादाभाई नौरोजी

118. किसने यह विचार किया था कि भारत में 'ब्रिटिश आर्थिक नीति' घिनौनी है?
(a) बी०जी० तिलक
(b) दादाभाई नौरोजी
(c) कॉर्ल मार्क्स
(d) एडम स्मिथ

119. अंग्रेजी भारतीय सेना में चर्बी वाले कारतूस से चलने वाली एनफील्ड राइफल कब शामिल की गयी?
(a) नवंबर 1856 (b) दिसबंर 1856
(c) जनवरी 1857 (d) फरवरी 1857

120. मंगल पांडे कहाँ के विप्लव से जुड़े हैं?
(a) बैरकपुर
(b) मेरठ
(c) दिल्ली
(d) उपर्युक्त में से कोई नहीं

121. मंगल पांडे सिपाही थे–
(a) 19वीं नेटिव इंफेंट्री
(b) 34वीं बंगाल नेटिव इंफैंट्री
(c) 25वीं नेटिव इंफैंट्री
(d) 49वीं नेटिव इंफैंट्री

122. 1857 की क्रांति का प्रमुख कारण क्या था?
(a) जन आक्रोश
(b) सैनिक असंतोष
(c) ईसाई मिशनरी
(d) ब्रिटिश साम्राज्य की नीति

123. 1857 की क्रांति सर्वप्रथम कहाँ से प्रारंभ हुई?
(a) लखनऊ (b) झाँसी
(c) मेरठ (d) कानपुर

124. 1857 के स्वाधीनता संग्राम का प्रतीक था–
(a) कमल और रोटी
(b) बाज
(c) रुमाल
(d) दो तलवारें

125. 1857 के संग्राम के निम्नलिखित केन्द्रों में से सबसे पहले अंग्रेजों ने किसे पुन: अधिकृत किया?
(a) झाँसी (b) मेरठ
(c) दिल्ली (d) कानपुर

126. लक्ष्मीबाई की जन्मस्थली है–
(a) आगरा (b) झाँसी
(c) वाराणसी (d) वृन्दावन

127. 1857 के बरेली विद्रोह का नेता कौन था–
(a) खान बहादुर
(b) कुंवर सिंह
(c) मौलवी अहमदशाह
(d) विरजिस कादिर

128. महारानी लक्ष्मीबाई की समाधि कहाँ स्थित है?
(a) मंडला (b) मांडू
(c) जबलपुर (d) ग्वालियर

129. रानी लक्ष्मीबाई को अंतिम युद्ध में सामना करना पड़ा–
(a) ह्यूरोज (b) गफ
(c) नील (d) हैवलॉक

130. 1857 का विद्रोह लखनऊ में किसके नेतृत्व में आगे बढ़ा?
(a) बेगम ऑफ अवध
(b) तात्या टोपे
(c) रानी लक्ष्मीबाई
(d) नाना साहब

131. वह महिला जिन्होंने अवध में 1857 की क्रांति का नेतृत्व किया था?
(a) लक्ष्मीबाई
(b) अहिल्याबाई
(c) अरुणा आसफ अली
(d) बेगम हजरत महल

132. कौन इलाहाबाद में 1857 के संग्राम का नेता था?
(a) नाना साहेब
(b) अजीमुल्ला
(c) तात्या टोपे
(d) मौलवी लियाकत अली

133. 1857 के संघर्ष में भाग लेने वाले सिपाहियों की सर्वाधिक संख्या थी–
(a) बंगाल से (b) अवध से
(c) बिहार से (d) राजस्थान से

134. नाना साहब का 'कमांडर-इन-चीफ' कौन था?
(a) अजीम-उल्लाह
(b) बिरजिस कादिर
(c) तात्या टोपे
(d) इनमें से कोई नहीं

135. अजीमुल्ला खाँ सलाहकार थे–
(a) नाना साहब के (b) तात्या टोपे
(c) रानी लक्ष्मीबाई (d) कुंवर सिंह

136. किस क्रांतिकारी का वास्तविक नाम 'रामचन्द्र पांडुरंग' था?
(a) कुंवर सिंह (b) तात्या टोपे
(c) नाना साहेब (d) मंगल पांडेय

137. कुंवर सिंह किस जगह से सम्बद्ध थे?
(a) बिहार (b) मध्य प्रदेश
(c) राजस्थान (d) उत्तर प्रदेश

138. 1857 के विद्रोह का नेतृत्व बिहार में किसने किया?
(a) खान बहादुर खान
(b) कुंवर सिंह
(c) तात्या टोपे
(d) रानी राम कुआंरी

139. 1857 की क्रांति में असम का नेता कौन था?
(a) दीवान मनिराम दत्त
(b) कंदपेश्वर सिंह
(c) पुरंदर सिंह
(d) पियाली बरुआ

140. बिहार में 1857 की क्रान्ति का केन्द्र था–
(a) रामपुर (b) हमीरपुर
(c) धीरपुर (d) जगदीशपुर

141. जगदीशपुर के राजा थे–
(a) नानासाहब (b) तात्या टोपे
(c) लक्ष्मीबाई (d) कुंवर सिंह

142. 1857 ई० की क्रान्ति में अंग्रेजों व जोधपुर की संयुक्त सेना को पराजित करने वाला था–
(a) तात्या टोपे
(b) टोंक के नवाब वजीर खाँ
(c) महाराज राम सिंह
(d) आउवा के ठाकुर कुशल सिंह

143. निम्न में कौन-सा स्थान 1857 की क्रान्ति का केन्द्र नहीं था?
(a) अजमेर (b) जयपुर
(c) नीमच (d) आऊवा

144. निम्न में से किसने 1857 में अंग्रेजों से सघंर्ष किया?
(a) चन्द्रशेखर आजाद
(b) रामप्रसाद बिस्मिल
(c) शहादत खान
(d) माखनलाल चतुर्वेदी

145. 1857 के विद्रोह में अंग्रेजों का सबसे कट्टर दुश्मन था?
(a) मौलवी अहमदुल्लाह
(b) मौलवी इंदादुल्लाह
(c) मौलाना खैराबादी
(d) नवाब लियाकत अली

146. 1857 के विद्रोह को किस उर्दू कवि ने देखा था?
(a) मीर तकी मीर
(b) जोक
(c) गालिब
(d) इकबाल

147. सुप्रसिद्ध उर्दू शायर मिर्जा गालिब का मूल निवास था–
(a) आगरा (b) दिल्ली
(c) लाहौर (d) लखनऊ

148. 1857 के विद्रोह में अंग्रेजों की सर्वाधिक सहायता किसने की?
(a) ग्वालियर के सिंधिया
(b) इंदौर के होल्कर
(c) नागपुर के भोंसले
(d) रामगढ़ के लोधी

149. निम्न में से कौन क्षेत्र 1857 के विद्रोह से प्रभावित नहीं था?
(a) झाँसी (b) चित्तौड़
(c) जगदीशपुर (d) लखनऊ

150. 1857 के विद्रोह के समय भारत का गर्वनर जनरल कौन था?
(a) लॉर्ड डलहौजी (b) लॉर्ड मिंटो
(c) लॉर्ड कैनिंग (d) लॉर्ड बैंटिक

151. 1857 के विद्रोह के समय बैरकपुर में कौन ब्रिटिश कमाडिंग ऑफिसर था?
(a) लॉरेंस (b) फिनिस
(c) हैरसे (d) व्हीलर

152. 1857 में किसने इलाहाबाद को आपातकालीन मुख्यालय बनाया था?
(a) लॉर्ड कैनिंग
(b) लॉर्ड कॉर्नवालिस
(c) वेलेजली
(d) बिलियम बैंटिक

153. 1857 के विद्रोह के समय ब्रिटिश प्रधानमंत्री कौन था?
(a) चर्चिल (b) पामर्स्टन
(c) एटली (d) ग्लेडस्टोन

154. निम्नलिखित में किसने 1857 के विद्रोह को एक 'षडयंत्र' की संज्ञा दी?
(a) सरजेम्स आउट्रम एवं डब्ल्यू टेलर
(b) सर जॉन के
(c) सर जॉन लॉरेंस
(d) टी० आ० होल्म्स

155. आधुनिक इतिहासकार जिसने 1857 के विद्रोह को स्वतन्त्रता की पहली लड़ाई कहा था–
(a) डॉ०आर०सी० मजूमदार
(b) डॉ०ए०एन० सेन
(c) वी०डी० सावरकर
(d) अशोक मेहता

156. भारतीय स्वाधीनता आंदोलन का सरकारी इतिहासकार था–
(a) आर०सी मजूमदार
(b) ताराचन्द्र
(c) वी०डी० सावरकर
(d) एस०एन० सेन

157. भारतीय भाषा में 1857 के विप्लव के कारणों पर लिखने वाला प्रथम भारतीय था–
(a) सैयद अहमद खाँ
(b) वी०डी० सावरकर
(c) बंकिमचन्द्र चटर्जी
(d) उपर्युक्त में से कोई नहीं

158. 'तथाकथित प्रथम राष्ट्रीय स्वतंत्रता संग्राम न प्रथम, न राष्ट्रीय और न ही स्वतंत्रता संग्राम था', यह कथन संबद्ध है–
(a) आर०सी० मजूमदार
(b) एस०एन० सेन से
(c) ताराचन्द्र से
(d) वी०डी० सावरकर से

159. महारानी विक्टोरिया ने भारतीय प्रशासन को ब्रिटिश ताज के नियंत्रण में लेने की घोषणा कब की थी?
(a) 1 नवंबर 1858
(b) 31 दिसंबर 1857
(c) 6 जनवरी 1958
(d) 17 नवंबर 1859

160. निम्नलिखित में से कौन-सा आयोग 1857 के विद्रोह के दमन के बाद भारतीय फौज के नवसंगठन से सम्बन्धित है?
(a) पब्लिक सर्विस आयोग
(b) पील आयोग
(c) हंटर आयोग
(d) साइमन कमीशन

161. 1857 के विद्रोह के ठीक बाद बंगाल में निम्नलिखित में से कौन-सा विप्लव हुआ?
(a) संन्यासी विद्रोह
(b) संथाल विद्रोह
(c) नील उपद्रव
(d) पावना उपद्रव

162. 'नील दर्पण' नाटक का लेखक कौन था?
(a) तारानाथ बंद्योपाध्याय
(b) तारानाथ घोष
(c) दीनबंधु मित्र
(d) बंकिम चन्द्र चटर्जी

163. 'वन्दे मातरम' गीत किसने लिखा है?
(a) रवीन्द्रनाथ टैगोर
(b) रामधारी सिंह दिनकर
(c) सरोजनी नायडू
(d) बंकिमचन्द्र चटर्जी

164. आनंदमठ उपन्यास की कथावस्तु आधारित है–
(a) चुआर विद्रोह
(b) संन्यासी विद्रोह
(c) पालीगर विद्रोह
(d) तालुकदारों के विद्रोह पर

165. उन्नीसवीं शताब्दी के दौरान होने वाले 'वहाबी आंदोलन' का मुख्य केन्द्र था–
(a) लाहौर (b) पटना
(c) अमृतसर (d) पुणे

166. कूका आंदोलन को किसने संगठित किया?
(a) गुरु रामदास (b) गुरु नानक
(c) गुरु राम सिंह (d) गुरु गोविंद सिंह

167. पागलपंथी विद्रोह वस्तुतः एक विद्रोह था–
(a) भीलों का (b) गारों का
(c) गोंडों का (d) कोलियों का

168. 'पागल पंथ' की स्थापना किसने की थी?
(a) बुल्ले शाह
(b) करमशाह
(c) यदुवेन्द्र सिंह
(d) स्वामी सहजानंद

169. फराजी विद्रोह का नेता कौन था?
(a) मुहम्मद रजा (b) दादू मियाँ
(c) शमशेर गाजी (d) वजीर अली

170. फराजी कौन थे?
(a) हाजी शरिअतुल्लाह के अनुयायी
(b) दादू के अनुयायी
(c) आर्य समाजी
(d) मुस्लिम लीग के समर्थक

171. वेलु पम्पी ने अंग्रेजों के विरुद्ध आंदोलन का नेतृत्व किया था–
(a) केरल (b) महाराष्ट्र
(c) मैसूर (d) तेलंगाना

172. महाराष्ट्र में रामोसी कृषक जत्था किसने संगठित किया था?
(a) न्यायमूर्ति रानाडे
(b) गोपाल कृष्ण गोखले
(c) वासुदेव बलवंत फड़के
(d) ज्योतिबा फुले

173. रामोसी विद्रोह किस भौगोलिक इलाके में हुआ था?
(a) पश्चिमी भारत (b) पूर्वी घाट
(c) पूर्वी भारत (d) पश्चिमी घाट

174. कौन-सा स्थान गढ़करी विद्रोह का केन्द्र था?
(a) बिहार शरीफ (b) कोल्हापुर
(c) सूरत (d) सिलहट

175. मानव बलि प्रथा का निषेध करने के कारण अंग्रेजों के विरुद्ध करने वाली जनजाति का नाम–
(a) कूकी (b) खोंद
(c) उरांव (d) नाइकदा-

176. कोल विद्रोह (1831-32) का नेतृत्व किसने किया?
(a) बुद्ध भगत (b) सुर्गा
(c) सिंगराय (d) जतरा भगत

177. बघेरा विद्रोह कहाँ हुआ?
(a) सूरत (b) पूना
(c) कालीकट (d) बड़ौदा

178. छोटा-नागपुर जनजाति विद्रोह कब हुआ था?
(a) 1807-1808 (b) 1820
(c) 1858-59 (d) 1889

179. संथाल विद्रोह का नेतृत्व किसने किया था?
(a) जयपाल सिंह
(b) मास्टर तारा सिंह
(c) शिबू सोरेन
(d) सिद्धू एवं कान्हू

180. 1855 ई० में संथालों ने किस अंग्रेज कमांडर को हराया?
(a) कैप्टन नेक फेविले
(b) लेफ्टिनेंट बास्टीन
(c) मेजर बारो
(d) कर्नल ह्वाइट

181. निम्नांकित में कौन-सी घटना महाराष्ट्र में घटित हुई?

(a) भील विद्रोह (b) कोल विद्रोह
(c) रम्पा विद्रोह (d) संथाल विद्रोह

182. मुंडाओं ने विद्रोह खड़ा किया–
(a) 1885 में (b) 1888 में
(c) 1890 में (d) 1895 में

183. उलगुलन विद्रोह किससे जुड़ा था?
(a) संथाल (b) कच्छा नागा
(c) कोल (d) बिरसा मुंडा

184. मुंडा विद्रोह का नेता कौन था?
(a) बिरसा (b) कान्हू
(c) तिलका मांझी (d) सिद्धू

185. किस आदिवासी नेता को जगतपिता (धरती आबा) कहा जाता था?
(a) जिरिया भगत (b) कानु सान्याल
(c) रूप नायक (d) बिरसा मुंडा

186. जनजातीय लोगों के सम्बन्ध में 'आदिवासी' शब्द का प्रयोग किया था–
(a) महात्मा गांधी ने
b) ठक्कर बापा ने
(c) ज्योतिबा फुले ने
(d) बी०आर० अम्बेडकर

187. हौज विद्रोह हुआ–
(a) 1620-21 के दौरान
(b) 1720-21 के दौरान
(c) 1820-21 के दौरान
(d) 1920-21 के दौरान

188. खैरवार आदिवासी आंदोलन कब हुआ?
(a) 1874 (b) 1860
(c) 1865 (d) 1870

189. संभलपुर में ब्रिटिश विरोधी विद्रोह के नेता कौन थे?
(a) उतिरत सिंह
(b) सुरेन्द्र साई
(c) कट्टबोम्मन
(d) सैयद अहमद बरेलवी

190. नील विद्रोह कब हुआ?
(a) 1860 (b) 1861
(c) 1862 (d) 1863

191. मोपला आंदोलन 1921 में कहाँ हुआ था?
(a) तेलंगाना (b) मालावार
(c) मराठवाड़ा (d) विदर्भ

192. कूकी विद्रोह कहाँ हुआ था?
(a) त्रिपुरा (b) पंजाब
(c) बिहार (d) बंगाल

193. महात्मा गांधी के विचारों से सर्वप्रथम प्रभावित आदिवासी नेता कौन था?
(a) अलूरी सीताराम राजू
(b) जोड़ानांग
(c) ठक्कर वापा
(d) रानी गइदिन पिऊ

194. भारत में अंग्रेजों ने प्रथम मदरसा कहाँ स्थापित किया गया?
(a) मद्रास (b) बम्बई
(c) अलीगढ़ (d) कलकत्ता

195. 'एशियटिक सोयाइटी ऑफ बंगाल' के संस्थापक थे–
(a) सर विलियम जोंस
(b) विल्किंस
(c) मैक्समूलर
(d) जेम्स प्रिंसेप

196. वाराणसी में प्रथम संस्कृत महाविद्यालय की स्थापना किसने की थी?
(a) जोनाथन डंकन
(b) वॉरेन हेस्टिंग्स
(c) लॉर्ड मैकाले
(d) बंकिमचन्द्र चटर्जी

197. किसे पेरिस की रॉयल एशियाटिक सोसायटी की सदस्यता प्रदान की थी?
(a) दादाभाई नौरोजी
(b) माइकल मधुसूदन दत्त
(c) राजा राममोहन राय
(d) विवेकानंद

198. भगवद्गीता का अंग्रेजी में अनुवाद किया था?
(a) विलियम जोंस (b) चार्ल्स बिल्किंस
(c) कनिंघम (d) जॉन मार्शल

199. 'शकुंतला' का पहली बार अंग्रेजी में अनुवाद किया था–
(a) चार्ल्स विल्किंस
(b) कोलब्रुड
(c) जॉन मार्शल
(d) सर विलियम जोंस ने

200. चार्ल्स वुड का आदेश पत्र निम्न में किससे सम्बन्धित था?
(a) शिक्षा
(b) व्यापार
(c) प्रशासनिक सुधार
(d) सैन्य सुधार

201. हंटर कमीशन किससे सम्बन्धित है–
(a) बालिकाओं की शिक्षा
(b) उच्च शिक्षा
(c) प्राथमिक शिक्षा
(d) तकनीकी शिक्षा

202. नेशनल काउंसिल ऑफ एजुकेशन की स्थापना कब हुई?
(a) 1903 (b) 1904
(c) 1905 (d) 1906

203. सैड्लर आयोग सम्बन्धित था–
(a) न्यायपालिका से
(b) राजस्व प्रशासन से
(c) शिक्षा से
(d) पुलिस प्रशासन से

204. सैडलर आयोग का गठन कब हुआ था?
(a) 1919 (b) 1917
(c) 1921 (d) 1896

205. लॉर्ड मैकाले सम्बन्धित है?
(a) सेना के सुधार से
(b) सती प्रथा की समाप्ति से
(c) अंग्रेजी शिक्षा से
(d) स्थायी बंदोबस्त से

206. भारत के औपनिवेशिक काल में अधोमुखी निस्पंदन सिद्धान्त किस क्षेत्र से सम्बन्धित था?
(a) रेल (b) शिक्षा
(c) सिंचाई (d) गरीबी हटाओ

207. शैक्षणिक नीति में 'फिल्टरेशन थ्योरी' के प्रतिपादक थे–
(a) चार्ल्स वुड (b) मैकाले
(c) मिल (d) कार्नवालिस

208. भारत में आधुनिक शिक्षा प्रणाली की नींव किससे पड़ी?
(a) चार्टर अधिनियम
(b) मैकाले का स्मरण पत्र
(c) हंटर आयोग
(d) वुड काडिस्पैच

209. किसके शासनकाल में भारत में अंग्रेजी शिक्षा आरंभ की गयी?
(a) लॉर्ड बैंटिक (b) लॉर्ड हार्डिंग
(c) लॉर्ड मिंटो (d) लॉर्ड डलहौजी

210. भारत में प्रथम तीन विश्वविद्यालय (कलकत्ता, मद्रास, बंबई) की स्थापना किस वर्ष हुई?
(a) 1857 (b) 1881
(c) 1885 (d) 1905

211. किसके सतत प्रयत्नों से बंबई में प्रथम महिला विश्वविद्यालय की स्थापना हुई?
(a) दयाराम गिडुमल
(b) डी०के० कर्वे
(c) रमाबाई
(d) महादेव गोविंद रानाडे

212. डेक्कन एजुकेशनल सोसाइटी की स्थापना से कौन सम्बन्धित था?
(a) जस्टिस रानाडे
(b) फिरोज शाह मेहता
(c) बी०जी० तिलक
(d) दयानंद सरस्वती

213. निम्नलिखित कॉलेजों में सर्वप्रथम किसकी स्थापना हुई थी?
(a) हिंदू कॉलेज, कलकत्ता
(b) दिल्ली कॉलेज
(c) मेयो कॉलेज
(d) मुस्लिम ऐंग्लो ओरियंटल कॉलेज

214. किसने भारतीय विश्वविद्यालयों में धार्मिक शिक्षा के लिए प्रबल रूप से वकालत की थी?
(a) बाल गंगाधर तिलक
(b) स्वामी विवेकानंद
(c) महात्मा गांधी
(d) मदनमोहन मालवीय

215. बनारस हिंदू विश्वविद्यालय का शिलान्यास किसने किया था?
(a) मदनमोहन मालवीय
(b) विभूति नारायण सिंह
(c) लॉर्ड हार्डिंग
(d) एनी बेसेंट

216. भारत का पहला सामाचार पत्र था–
(a) बंगाल गजट
(b) हिंदूस्तान टाइम्स
(c) पायनियर
(d) संवाद कौमुदी

217. निम्न में से किसने सर्वप्रथम प्रेस सेंसरशिप लागू की थी?
(a) वेलेजली (b) हेस्टिंग्स
(c) जान एडम्स (d) डलहौजी

218. 1878 का 'वर्नाकुलर प्रेस एक्ट' किसने रद्द कर दिया था?
(a) लॉर्ड रिपन (b) लॉर्ड लिटन
(c) लॉर्ड कर्जन (d) लॉर्ड मिंटो

219. किस गर्वनर जनरल के समय भारतीय भाषा प्रेस अधिनियम समाप्त किया गया?
(a) लॉर्ड रिपन (b) लॉर्ड लिटन
(c) लॉर्ड कर्जन (d) लॉर्ड डफरिन

220. पत्रकार के कर्त्तव्य का निर्वहन करते हुए जेल जाने वाला प्रथम भारतीय कौन था?
(a) बाल गंगाधर तिलक
(b) दादाभाई नौरोजी
(c) मोतीलाल घोष
(d) सुरेन्द्रनाथ बनर्जी

221. अमेरिका में 'फ्री हिंदुस्तान' अखबार किसने शुरु किया था?
(a) रामनाथ पुरी (b) जी०डी० कुमार
(c) लाला हरदयाल (d) तारकनाथ दास

222. फारसी साप्ताहिक 'मिरातुल अखबार' को प्रकाशित करते थे–
(a) लाला लाजपत राय
(b) राजा राममोहन राय
(c) सैयद अहमद खाँ
(d) मौलाना शिबली नोमानी

223. 1880 के दशक में इंडियन मिरर अखबार का प्रकाशन कहाँ से होता था?
(a) बंबई (b) कलकत्ता
(c) मद्रास (d) पांडिचेरी

224. गदर पत्र का प्रथम अंक निम्न में से किस भाषा में प्रकाशित हुआ?
(a) उर्दू (b) हिंदी
(c) अंग्रेजी (d) मराठी

225. गदर पार्टी का पत्र 'गदर' था–
(a) एक मासिक पत्र
(b) एक पाक्षिक पत्र
(c) एक साप्ताहिक पत्र
(d) एक दैनिक पत्र

226. 'अमृत बाजार पत्रिका' की स्थापना किसने की?
(a) गिरीशचन्द्र घोष
(b) हरीशचन्द्र मुखर्जी
(c) एस०एन० बनर्जी
(d) शिशिर कुमार घोष

227. तिलक द्वारा प्रकाशित कौन समाचार पत्र था?
(a) गदर (b) केसरी
(c) फ्री हिंदुस्तान (d) स्वदेश मित्र

228. कौन पत्रिका कांग्रेस की आलोचना करती थी?
(a) बंगवासी (b) काल
(c) केसरी (d) उपर्युक्त सभी

229. किस समाचार पत्र ने क्रांतिकारी आतंकवाद की वकालत की थी?
(a) संध्या
(b) युगांतर
(c) काल
(d) उपर्युक्त तीनों

230. सोम प्रकाश नामक समाचार पत्र किसने शुरु किया था?
(a) दयानंद सरस्वती
(b) ईश्वर चन्द्र विद्यासागर
(c) राममोहन राय
(d) सुरेन्द्रनाथ बनर्जी

231. कौन अखबार उदारवादियों की नीतियों का प्रचारक था?
(a) न्यू इंडिया (b) लीडर
(c) यंग इंडिया (d) फ्री प्रेस जनरल

232. किस भाषा में 'दि इंडियन ओपिनियन' पत्र नहीं छापा जाता था?
(a) अंग्रेजी (b) गुजराती
(c) तमिल (d) उर्दू

233. 'इंडियन ओपिनियम' पत्रिका के प्रथम संपादक थे–
(a) एम०के० गांधी
(b) अलबर्ट वेस्ट
(c) महादेव देसाई
(d) मनसुखलाल नजर

234. भारतीयों द्वारा अंग्रेजी भाषा में प्रकाशित प्रथम समाचार पत्र था–
(a) हिंदू पैट्रियॉट
(b) दि हिंदू
(c) यंग इंडिया
(d) नेटिव ओपिनियन

235. 'वंदे मातरम्' पत्रिका के संपादक कौन थे?
(a) अरविंद घोष
(b) एम०जी० रानाडे
(c) सुभाष चन्द्र बोस
(d) तिलक

236. किस अखबार का प्रकाशन पटना से होता था?
(a) इंडियन नेशन (b) पंजाब केसरी
(c) प्रभाकर (d) डॉन

237. हरिजन के प्रारंभ कर्त्ता थे–
(a) तिलक (b) गोखले
(c) गांधीजी (d) नौरोजी

238. मराठी पाक्षिक 'बहिष्कृत भारत' किसने आरंभ किया था?
(a) तिलक (b) अम्बेडकर
(c) सावरकर (d) गोखले

239. कौन-सा एक जर्नल अबुल कलाम आजाद द्वारा प्रकाशित है?
(a) अल-हिलाल
(b) कॉमरेड
(c) दि इंडियन सोसियोलॉजिस्ट
(d) जमींदार

240. 1520 में लाहौर से लाजपत राय द्वारा उर्दू का कौन-सा समाचार पत्र प्रारंभ किया गया था?
(a) वंदे मातरम् (b) पीपुल
(c) ट्रिब्यून (d) वीर अर्जुन

241. 'कौमी आवाज' पत्र का आरंभ किसके द्वारा किया गया था?
(a) अबुल कलाम आजाद
(b) जवाहरलाल नेहरू
(c) शौकत अली
(d) खलिक्कुज्जमान

242. 'कॉमनवील' पत्र किससे जुड़ा है?
(a) बी०जी० तिलक
(b) एनी बेसेंट
(c) जी०के० गोखले
(d) उपर्युक्त में से कोई नहीं

243. 'कॉमरेड' पत्रिका के संपादक कौन थे?
(a) विपिन चन्द्र पाल
(b) अरविन्द घोष
(c) मुहम्मद अली
(d) गोखले

244. किसको 'भारतीय पुनर्जागरण का पिता' कहा जाता है?
(a) राजा राममोहन राय
(b) दयानंद सरस्वती
(c) विवेकानंद
(d) रामकृष्ण परमहंस

245. भारतीय राष्ट्रवाद का पैगम्बर किसे माना जाता है?
(a) एम०के० गांधी
(b) राम मोहन राय
(c) रवीन्द्रनाथ टैगोर
(d) दयानंद सरस्वती

246. राजा राममोहन राय द्वारा स्थापित प्रथम संस्था थी
(a) ब्रह्मसमाज
(b) आत्मीय सभा
(c) ब्रह्मसभा
(d) तत्वबोधिनी सभा

247. 'आत्मीय सभा' के संस्थापक कौन थे?
(a) राजा राममोहन राय
(b) दयानंद सरस्वती
(c) विवेकानंद
(d) अरविंद घोष

248. ब्रह्म समाज की स्थापना कब हुई थी?
(a) 1827 (b) 1829
(c) 1831 (d) 1843

249. राजा राममोहन राय की समाधि है–
(a) कोलकाता में
(b) पटना में
(c) ब्रिस्टल, इंग्लैण्ड में
(d) कनाडा

250. भारतीय ब्रह्म समाज के संस्थापक थे–
(a) देवेन्द्रनाथ टैगोर
(b) ईश्वर चन्द्र विद्यासागर
(c) केशवचन्द्र सेन
(d) राजा राममोहन राय

251. ब्रह्म समाज का सिद्धान्त आधारित है–
(a) नास्तिकता पर (b) अद्वैतवाद पर
(c) एकदेववाद पर (d) बहुदेववाद पर

252. राजा राममोहन राय ने निम्न में किसका विरोध नहीं किया था?
(a) बाल विवाह (b) सती प्रथा
(c) पाश्चात्य शिक्षा (d) मूर्ति पूजा

253. उन्नीसवीं शताब्दी के उत्तरार्द्ध में 'नव हिंदूवाद के सर्वश्रेष्ठ प्रतिनिधि थे–
(a) रामकृष्ण परमहंस
(b) स्वामी विवेकानंद
(c) बंकिमचन्द्र चटर्जी
(d) राजा राममोहन राय

254. विवेकानंद ने शिकागो में आयोजित 'पार्लियामेंट ऑफ वर्ल्ड्स रिलीजन' में भाग लिया था–
(a) 1872 (b) 1890
(c) 1893 (d) 1901

255. किस समाज सुधारक ने ज्ञानयोग, कर्मयोग तथा राजयोग नामक पुस्तकें लिखी?
(a) स्वामी विवेकानंद
(b) रानाडे
(c) राजा राममोहन राय
(d) रामकृष्ण परमहंस

256. रामकृष्ण मिशन की स्थापना किसने की थी?
(a) रामकृष्ण परमहंस
(b) एम०एन० दासगुप्ता
(c) विवेकानंद
(d) रंगनाथनंद

257. रामकृष्ण मिशन की स्थापना कब हुई थी?
(a) 1861 (b) 1891
(c) 1893 (d) 1897

258. शारदामणि कौन थी?
(a) राजा राममोहन राय की पत्नी
(b) रामकृष्ण परमहंस की पत्नी
(c) विवेकानंद की माँ
(d) केशवचंद्र सेन की पुत्री

259. दयानंद सरस्वती द्वारा स्थापित है–
(a) ब्रह्म समाज (b) आर्य समाज
(c) प्रार्थना समाज (d) बहुजन समाज

260. आर्य समाज की स्थापना का वर्ष है–
(a) 1865 (b) 1870
(c) 1875 (d) 1880

261. वेदों के पुनरुत्थान का श्रेय किसे है?
(a) रामकृष्ण परमहंस
(b) रामानुज
(c) स्वामी दयानंद सरस्वती
(d) स्वामी विवेकानंद

262. 'वेदों की ओर चलो' किसने कहा था?
(a) राजा राममोहन राय
(b) दयानंद सरस्वती
(c) विवेकानंद
(d) रामकृष्ण परमहंस

263. 'भारत का मार्टिन लूथर' किसे कहते हैं?
(a) दयानंद सरस्वती
(b) राजा राममोहन राय
(c) विवेकानंद
(d) ऋद्धानंद

264. 'सत्यार्थ प्रकाश' किसकी रचना थी?
(a) राजा राममोहन राय
(b) महात्मा गांधी
(c) विवेकानंद
(d) दयानंद सरस्वती

265. 'सत्यार्थ प्रकाश' पवित्र पुस्तक है–
(a) आर्य समाज की
(b) ब्रह्म समाज की
(c) थियोसोफिकल सोसायटी की
(d) प्रार्थना समाज की

266. किस संगठन ने शुद्धि आंदोलन का समर्थन किया?
(a) आर्य समाज (b) ब्रह्म समाज
(c) देव समाज (d) प्रार्थना समाज

267. किसने कहा था–'अच्छा शासन स्वशासन का स्थानापन्न नहीं है'?
(a) लोकमान्य तिलक
(b) विवेकानंद
(c) दयानंद
(d) रवीन्द्रनाथ टैगोर

268. सर्वप्रथम 'स्वराज्य' शब्द का प्रयोग किसने किया?
(a) राजा राममोहन राय
(b) स्वामी दयानंद
(c) विवेकानंद
(d) लोकमान्य तिलक

269. 'प्रार्थना समाज' के संस्थापक कौन थे?
(a) आत्माराम पांडुरंग
(b) लोकमान्य तिलक
(c) एनी बेसेंट
(d) रासबिहारी घोष

270. महाराष्ट्र में प्रार्थना समाज का मुख्य संचालक कौन था?
(a) भंडाकर (b) रानाडे
(c) रमाबाई (d) गणेश आगरकर

271. 'देव समाज' का संस्थापक कौन थे?
(a) वल्लभ भाई पटेल
(b) दादाभाई नौरोजी
(c) शिवनारायण अग्निहोत्री
(d) रामकृष्ण परमहंस

272. 'सत्य शोधक' समाज की स्थापना किसने की थी?
(a) भीमराव अम्बेडकर
(b) संतराम
(c) ज्योतिबा फुले
(d) भास्कर राव जाधव

273. 'गुलामगीरी' का लेखक कौन था?
(a) अम्बेडकर (b) ज्योतिबा फुले
(c) महात्मा गांधी (d) पेरियार

274. पिछड़े वर्गों का उत्थान किसका मुख्य कार्यक्रम था?
(a) प्रार्थना समाज
(b) सत्यशोधक समाज
(c) आर्य समाज
(d) रामकृष्ण मिशन

275. इनमें से किसने रुढ़िवादिता का समर्थन किया?
(a) राधाकांत देव (b) नेमिसाधन बोस
(c) हेमचन्द्र विश्वास (d) हेमचन्द्र डे

276. राधास्वामी सत्संग के संस्थापक कौन थे?
(a) हरिदास स्वामी (b) शिवदयाल साहब
(c) शिवनारायण (d) श्रद्धानंद

277. 'लोकहितवादी' किसे कहा जाता है?
(a) एम०जी० रानाडे
(b) गोपालकृष्ण गोखले
(c) पंडिता रमाबाई
(d) गोपाल हरि देशमुख

278. 19वीं सदी के महानतम पारसी समाज सुधारक थे–
(a) सर जमशेदजी
(b) सर रुस्तम बहरामजी
(c) नवलजी टाटा
(d) बहराम जी० मालबारी

279. 'दि एज ऑफ कांसेट एक्ट' किस वर्ष पारित हुआ?
(a) 1856 (b) 1891
(c) 1881 (d) 1905

280. धार्मिक असुविधा कानून कब पारित हुआ?
(a) 1856 (b) 1857
(c) 1853 (d) 1846

281. किसने प्रमुख रूप से विधवा पुनर्विवाह के लिए संघर्ष किया और उसे कानूनी रूप से वैध बनाने में सफलता प्राप्त की?
(a) एनी बेसेंट
(b) ईश्वर चन्द्र विद्यासागर
(c) एम०जी० रानाडे
(d) राजा राममोहन राय

282. 1843 के एक्ट V ने किस बात को गैर कानूनी बना दिया?
(a) बाल विवाह (b) शिशु हत्या
(c) सती (d) गुलामी

283. किसने 1872 में नेटिव मैरिज एक्ट को पारित कराने में महत्त्वपूर्ण भूमिका निभाई थी?
(a) देवेन्द्रनाथ टैगोर
(b) ईश्वरचन्द्र विद्यासागर
(c) केशवचन्द्र सेन
(d) श्यामचन्द्र दास

284. बाल विवाह प्रथा को नियंत्रित करने हेतु 1872 के सिविल मैरिज एक्ट ने लड़कियों के विवाह की न्यूनतम उम्र निर्धारित किया—
(a) 14 वर्ष
(b) 18 वर्ष
(c) 16 वर्ष
(d) इनमें से कोई नहीं

285. शारदा एक्ट सम्बन्धित था—
(a) बाल विवाह प्रतिबंध
(b) अतंर्जातीय विवाह प्रतिबंध
(c) विधवा विवाह प्रतिबंध
(d) जनजातीय विवाह प्रतिबंध

286. 'थियोसोफिकल सोसायटी' की स्थापना किसने की?
(a) मैडम ब्लावेटस्की
(b) राजा राममोहन राय
(c) महात्मा गांधी
(d) स्वामी विवेकानंद

287. 'सर्वेंट्स ऑफ इंडिया सोसाइटी' की स्थापना की थी—
(a) ईश्वरचन्द्र विद्यासागर
(b) गोपालकृष्ण गोखले
(c) दादाभाई नौरोजी
(d) लाला लाजपत राय

288. मानव धर्म सभा की स्थापना कहाँ हुई थी?
(a) सूरत (b) पटना
(c) लखनऊ (d) कलकत्ता

289. नदवा-उल-उल्मा की स्थापना कहाँ हुई थी?
(a) लखनऊ (b) पटना
(c) दिल्ली (d) कलकत्ता

290. 'बहुजन समाज' का संस्थापक कौन था?
(a) श्री नारायन गुरु
(b) मुकुंदराव पाटिल
(c) भीमराव अम्बेडकर
(d) बी०आर० शिंदे

291. किसने कहा था कि 'यदि भगवान अस्पृश्यता को सहन करते है, तो मैं उन्हें कभी भगवान नहीं मानूंगा?
(a) भीमराम अम्बेडकर
(b) तिलक
(c) लाला लाजपत राय
(d) महात्मा गांधी

292. निम्न समाज सुधारकों में से कौन संस्कृत भाषा में प्रवीणता के लिए जाना जाता है?
(a) दयानन्द सरस्ती
(b) ईश्वर चन्द्र विद्यासागर
(c) राजा राममोहन राय
(d) उपर्युक्त सभी

293. भारत में नारी आंदोलन किनकी प्रेरणा से प्रारंभ हुआ?
(a) पद्माबाई रानाडे
(b) ऐनी बेसेंट
(c) सरोजनी नायडू
(d) ज्योतिबा फुले

294. 'दार-उल-उलूम' की स्थापना की थी—
(a) मौलाना नुमानी
(b) मौलाना हुसैन अहमद
(c) मौलवी चक्रलवी
(d) मौलाना रिजाखान

295. 'तारकेश्वर आंदोलन' किसके विरुद्ध था?
(a) मंदिरों में भ्रष्टाचार
(b) हिंसा
(c) राजनैतिक गिरफ्तारी
(d) सांप्रदायिकता

296. 'हाली पद्धति' सम्बन्धित थी—
(a) बंधुआ मजदूर
(b) किसानों के शोषण
(c) छुआछूत
(d) अशिक्षा

297. किस राजनीतिक संगठन की स्थापना 1838 में हुई?
(a) ब्रिटिश इंडिया सोसायटी
(b) बंगाल इंडिया सोसाइटी
(c) सेटलर्स एसोसिएशन
(d) जमींदार एसोशिएशन

298. भारत संघ के संस्थापक कौन थे?
(a) दादाभाई नौरोजी
(b) बाल गंगाधर तिलक
(c) ए०ओ० ह्यूम
(d) सुरेन्द्रनाथ बनर्जी

299. इंडियन नेशनल कॉन्फ्रेंस का विलय कांग्रेस में कब हुआ?
(a) 1886 (b) 1887
(c) 1888 (d) 1898

300. किस भारतीय को इंडियन सिविल सर्विस से बर्खास्त किया गया था?
(a) सत्येन्द्रनाथ टैगोर
(b) सुरेन्द्रनाथ बनर्जी
(c) आर०सी० दत्त
(d) सुभाष चन्द्र बोस

301. राजनैतिक सुधारों को लेकर विरोध करने वाले पहले भारतीय कौन थे?
(a) दादाभाई नौरोजी
(b) सुरेन्द्रनाथ
(c) राममोहन राय
(d) तिलक

302. भारतीय राष्ट्रीय कांग्रेस की स्थापना की थी–
(a) ए०ओ० ह्यूम
(b) महात्मा गांधी
(c) सच्चिदानंद सिन्हा
(d) इनमें से कोई नहीं

303. भारतीय राष्ट्रीय कांग्रेस के संस्थापक थे एक–
(a) असैनिक सेवक
(b) विज्ञानी
(c) सामाजिक कार्यकर्त्ता
(d) मिलिट्री कमांडर

304. भारतीय राष्ट्रीय कांग्रेस की स्थापना कब हुई?
(a) 1885 (b) 1886
(c) 1887 (d) 1888

305. कांग्रेस के प्रथम अधिवेशन में कितने प्रतिनिधियों ने भाग लिया?
(a) 52 (b) 62
(c) 72 (d) 82

306. कांग्रेस का प्रथम अधिवेशन कहाँ हुआ था?
(a) कलकत्ता (b) लाहौर
(c) मुबंई (d) पुणे

307. कांग्रेस के पहले अध्यक्ष कौन थे?
(a) ए०ओ० ह्यूम
(b) डब्ल्यू०सी० बनर्जी
(c) दादाभाई नौरोजी
(d) इनमें से कोई नहीं

308. कांग्रेस का प्रथम महासचिव कौन था?
(a) ए०ओ० ह्यूम
(b) दादाभाई नौरोजी
(c) डब्ल्यू०सी० बनर्जी
(d) फिरोज शाह मेहता

309. कांग्रेस की स्थापना के समय वायसराय कौन था?
(a) लार्ड रिपन (b) लिटन
(c) कैनिंग (d) डफरिन

310. किसने कांग्रेस को सूक्ष्मदर्शीय अल्पसंख्यक जनता का प्रतिनिधि कहा था?
(a) लॉर्ड रिपन (b) डफरिन
(c) कर्जन (d) वेलेजली

311. भारतीय राष्ट्रीय कांग्रेस के दूसरे अधिवेशन की अध्यक्षता किसने की?
(a) गणेश अगरकर
(b) सुरेन्द्रनाथ बनर्जी
(c) दादाभाई नौरोजी
(d) फिरोजशाह मेहता

312. भारतीय राष्ट्रीय कांग्रेस के सर्वप्रथम मुस्लिम अध्यक्ष थे–
(a) अबुल कलाम आजाद
(b) रफी अहमद
(c) एम०ए० अंसारी
(d) बदरुद्दीन तैयबजी

313. निम्न में से कौन एक भारतीय राष्ट्रीय कांग्रेस से कभी संबंद्ध नहीं रहे?
(a) फिरोजशाह मेहता
(b) हकीम अजमल खान
(c) खान अब्दुल गफ्फार खान
(d) सर सैयद अहमद

314. भारतीय राष्ट्रीय कांग्रेस का प्रथम निर्वाचित यूरोपीय अध्यक्ष था–
(a) ए०ओ० ह्यूम
(b) जॉर्ज यूले
(c) अल्फ्रेड वेब
(d) ऐनी बेसेंट

315. निम्न में कौन कांग्रेस का अध्यक्ष कभी नहीं थे?
(a) लाला लाजपत राय
(b) एनी बेसेंट
(c) मोतीलाल नेहरू
(d) बाल गंगाधर तिलक

316. लाल, बाल और पाल त्रिगुट में कांग्रेस का अध्यक्ष कौन हुआ?
(a) लाला लाजपत राय
(b) बाल गंगाधर तिलक
(c) विपिनचन्द्र पाल
(d) इनमें से कोई नहीं

317. निम्न में कौन भारतीय कांग्रेस की अध्यक्ष रहीं?
(a) सुचेता कृपलानी
(b) आसफअली
(c) एनी बेसेंट
(d) विजयलक्ष्मी पंडित

318. कांग्रेस की प्रथम महिला अध्यक्ष थीं–
(a) नलिनी सेन गुप्ता
(b) सरोजनी नायडू
(c) ऐनी बेसेंट
(d) कादंबिनी बोस

319. कांग्रेस की प्रथम भारतीय महिला अध्यक्ष थीं?
(a) विजयलक्ष्मी पंडित
(b) पंडिता रमाबाई
(c) सरोजनी नायूडू
(d) राजकुमारी अमृत कौर

320. 'स्वराज मेरा जन्मसिद्ध अधिकार है और मैं इसे लेकर रहूँगा' यह किसने कहा?
(a) लाला लाजपत राय
(b) महात्मा गांधी
(c) बाल गंगाधर तिलक
(d) सुभाष चन्द्र बोस

321. किसने कहा था 'कांग्रेस आंदोलन न तो लोगों द्वारा प्रेरित था, न ही यह उनके द्वारा सोचा या योजनाबद्ध किया गया था'?
(a) लॉर्ड डफरिन
(b) सर सैयद अहमद
(c) लॉर्ड कर्जन
(d) लाला लाजपत राय

322. किसने हिंदी भाषा के लिए रोमन लिपि लागू करने की वकालत की, वे थे?
(a) महात्मा गांधी
(b) जवाहर लाल नेहरू
(c) अबुल कलाम अजाद
(d) सुभाष चन्द्र बोस

323. भारत के स्वतंत्रता प्राप्ति के बाद किसने सुझाव दिया था कि कांग्रेस को समाप्त कर दिया जाये?
(a) सी० राजगोपालाचारी
(b) आचार्य कृपलानी
(c) महात्मा गांधी
(d) जय प्रकाश नारायण

324. वर्ष 1938 के भारतीय राष्ट्रीय कांग्रेस के हरिपुरा अधिवेशन की अध्यक्षता की थी–
(a) अबुल कलाम आजाद
(b) जे०बी० कृपालानी
(c) राजेन्द्र प्रसाद
(d) सुभाष चन्द्र बोस

325. किस अधिवेशन की अध्यक्षता गांधी जी द्वारा की गयी थी?
(a) गया (b) अमृतसर
(c) बेलगाँव (d) कानपुर

326. गया अधिवेशन की अध्यक्षता किसने की?
(a) चितरंजन दास
(b) एन० बनर्जी
(c) राजेन्द्र प्रसाद
(d) हकीम अजमल खाँ

327. जब भारत स्वतंत्र हुआ उस समय कांग्रेस के अध्यक्ष कौन थे?
(a) महात्मा गांधी
(b) जवाहर लाल नेहरू
(c) जे०बी० कृपलानी
(d) सरदार पटेल

328. भारतीय राष्ट्रीय कांग्रेस का अंतिम अधिवेशन जिसमें बाल गंगाधर तिलक ने भाग लिया था?
(a) कलकत्ता अधिवेशन
(b) सूरत अधिवेशन
(c) गया अधिवेशन
(d) अमृतसर अधिवेशन

329. किस आंदोलन के परिणाम स्वरूप नरम दल और गरम दल का उदय हुआ?
(a) स्वदेशी आंदोलन
(b) भारत छोड़ो आंदोलन
(c) असहयोग आंदोलन
(d) सविनय अवज्ञा आंदोलन

330. निम्न में से कौन उग्रपंथी नहीं था?
(a) बाल गंगाधर तिलक
(b) मदनलाल
(c) ऊधम सिंह
(d) गोपाल कृष्ण गोखले

331. अधिकतर नरमपंथी नेता थे–
(a) ग्रामीण क्षेत्र से
(b) शहरी क्षेत्रों में
(c) ग्रामीण तथा शहरी दोनों क्षेत्र से
(d) पंजाब से

332. किसने कांग्रेस पर प्रार्थना, याचना की राजनीति करने का आरोप लगाया?
(a) लाला हरदयाल
(b) बाल गंगाधर तिलक
(c) सुभाष चन्द्र बोस
(d) भगत सिंह

333. भारतीय राष्ट्रीय आंदोलन गरमपंथियों के प्रभावाधीन आया?
(a) 1906 के बाद
(b) 1909 के बाद
(c) 1914 के बाद
(d) 1919 के बाद

334. लाला लाजपत राय ने अपना राजनीतिक गुरु किसे माना था?
(a) गैरीबाल्डी
(b) विवेकानंद
(c) दादाभाई नौरोजी
(d) मैजिनी

335. किसे 'भारतीय अशांति के जनक' कहा जाता है?
(a) ए०ओ० ह्यूम
(b) दादाभाई नौरोजी
(c) लोकमान्य तिलक
(d) महात्मा गांधी

336. 'शेर-ए-पंजाब' के नाम से कौन जाना जाता था?
(a) राजगुरु
(b) भगत सिंह
(c) लाला लाजपत राय
(d) उधम सिंह

337. तिलक को भारतीय अशांति का जनक किसने कहा?
(a) वी० चिरोल (b) लुई फिशर
(c) वेब मिलर (d) लॉर्ड रीडिंग

338. 1908 में बाल गंगाधर तिलक को जेल हुई?
(a) 5 वर्ष (b) 6 वर्ष
(c) 7 वर्ष (d) 8 वर्ष

339. महाराष्ट्र में गणपति पर्व का श्री गणेश किया था?
(a) तिलक
(b) रानाडे
(c) विपिनचन्द्र पाल
(d) अरविन्द घोष

340. 'अभिनव भारत' का गठन किया था–
(a) वी०डी० सावरकर
(b) सी०आर० दास
(c) बी०जी० तिलक
(d) एस०सी० बोस

341. 'मित्र मेला' संघ की शुरुआत की थी–
(a) श्यामजी कृष्ण वर्मा
(b) सावरकर
(c) लाला हरदयाल
(d) सोहन सिंह

342. हेड़गेवार ने किस वर्ष 'राष्ट्रीय स्वयं सेवक संघ' की स्थापना की?
(a) 1927   (b) 1929
(c) 1924   (d) 1925

343. 'युगांतर पार्टी' का नेतृत्व किया था—
(a) जतीन्द्रनाथ मुखर्जी
(b) सचीन्द्रनाथ सान्याल
(c) रास बिहारी बोस
(d) सुभाष चन्द्र बोस

344. मुजफ्फरपुर में किंग्सफोर्ड की हत्या का प्रयास कब किया गया?
(a) 1908   (b) 1909
(c) 1910   (d) 1911

345. मुजफ्फरपुर बम कांड का सम्बन्ध किससे था?
(a) सावरकर
(b) अजीत सिंह
(c) प्रफुल्ल चाको
(d) विपिन चन्द्र पाल

346. हिन्दुस्तान रिपब्लिक एसोसिएशन की स्थापना हुई थी?
(a) 1990   (b) 1924
(c) 1928   (d) 1930

347. हिन्दुस्तान रिपब्लिकन संगठन की स्थापना की गयी थी?
(a) इलाहाबाद   (b) कानपुर
(c) लखनऊ   (d) नई दिल्ली

348. काकोरी षड्यन्त्र केस किस वर्ष हुआ?
(a) 1920 में   (b) 1925 में
(c) 1930 में   (d) 1935 में

349. 'इंकलाब जिंदाबाद' का नारा किसने दिया?
(a) इकबाल
(b) एम०के० गांधी
(c) भगत सिंह
(d) एस०सी० बोस

350. भगत सिंह, राजगुरु तथा सुखदेव को कब फांसी दी गयी?
(a) 23 मार्च 1931
(b) 23 मार्च 1932
(c) 23 मार्च 1933
(d) 23 मार्च 1934

351. भगत सिंह ने सेंट्रल असेंबली में बम फेंका था—
(a) चन्द्रशेखर आजाद के साथ
(b) सुखदेव के साथ
(c) बटुकेश्वर दत्त के साथ
(d) राजगुरु के साथ

352. भगत सिंह का स्मारक कहाँ स्थित है?
(a) फिरोजपुर में
(b) अमृतसर में
(c) लुधियाना में
(d) गुरुदासपुर में

353. किसने प्रसिद्ध चटगाँव शस्त्रागार धावा आयोजित किया था?
(a) लक्ष्मी सहगल
(b) सूर्यसेन
(c) बटुकेश्वर दत्त
(d) जे०एम० सेनगुप्त

354. स्वतंत्रता संग्राम के सबसे कम आयु के शहीद थे—
(a) सुखदेव
(b) अशफाकुल्लाह खाँ
(c) खुदीराम बोस
(d) हेमू कालणी

355. जतिन दास किस आरोप में बंदी बनाये गये थे?
(a) मेरठ षड्यन्त्र
(b) पेशावर षड्यन्त्र
(c) लाहौर षड्यन्त्र
(d) चटगाँव षड्यन्त्र

356. जेल में भूख हड़ताल के कारण किस स्वतंत्रता संग्राम सेनानी की मृत्यु हुई थी?
(a) भगत सिंह
(b) विपिन चन्द्र पाल
(c) जतिन दास
(d) एस०सी० बोस

357. श्यामजी कृष्ण वर्मा ने इंडियन होमरूल सोसाइटी की स्थापना की?
(a) लंदन में
(b) पेरिस में
(c) बर्लिन में
(d) सैन फ्रांसिस्को में

358. इंडियन होमरूल सोसाइटी स्थापित हुई थी–
(a) 1900 (b) 1901
(c) 1902 (d) 1905

359. गदर पार्टी की स्थापना कब हुई?
(a) 1907 (b) 1913
(c) 1917 (d) 1920

360. गदर पार्टी का नेता कौन था?
(a) भगत सिंह
(b) लाला हरदयाल
(c) लोकमान्य तिलक
(d) सावरकर

361. गदर पार्टी का मुख्यालय था–
(a) सैन फ्रांसिस्को
(b) न्यूयार्क
(c) मद्रास
(d) कलकत्ता

362. किसने विदेश में गणतंत्रात्मक सरकार की संस्थापना की थी?
(a) महेन्द्र प्रताप
b) सुभाष चन्द्र बोस
(c) रास बिहारी बोस
(d) उपर्युक्त में से कोई नहीं

363. भारतीय क्रान्ति की माँ किसे कहते हैं?
(a) एनी बेसेंट
(b) सरोजनी नायडू
(c) रमाबाई
(d) भीकाजी कामा

364. मैडमकामा ने 1907 में प्रथम तिरंगा ध्वज कहाँ फहराया था?
(a) लंदन (b) पेरिस
(c) मॉस्को (d) स्टुटगार्ट

365. 'कामागाटामारु' क्या था?
(a) औद्योगिक केन्द्र
(b) एक बन्दरगाह
(c) एक जहाज
(d) सेना की एक टुकड़ी

366. 'इंडिपेंडेंस लीग' की स्थापना की थी?
(a) मोतीलाल नेहरु
(b) महात्मा गांधी
(c) रासबिहारी बोस
(d) लाला लाजपत राय

367. 1905 में बंगाल विभाजन किस वायसराय ने किया?
(a) लॉर्ड हार्डिग
(b) लॉर्ड कर्जन
(c) लॉर्ड लिट्टन
(d) लॉर्ड मिंटो

368. बंगाल विभाजन के विरोध में हुए आंदोलन का नेतृत्व किया था–
(a) सुरेन्द्रनाथ बनर्जी
(b) सी०आर० दास
(c) आशुतोष मुखर्जी
(d) रवीन्द्रनाथ टैगोर

369. ब्रिटिश वस्तुओं के बहिष्कार को राष्ट्रीय नीति के रूप में अपनाया गया–
(a) 1899 (b) 1901
(c) 1903 (d) 1905

370. बंगाल का दूसरा विभाजन कब हुआ?
(a) 1906 (b) 1916
(c) 1911 (d) 1909

371. बंगाल विभाजन रद्द किस वर्ष किया गया?
(a) 1911 (b) 1904
(c) 1906 (d) 1970

372. मद्रास में स्वदेशी आंदोलन का नेता कौन था?
(a) श्रीनिवास शास्त्री
(b) राजगोपालाचारी
(c) चिरंबरम पिल्लै
(d) चिंतामनी

373. किस आंदोलन के दौरान 'वंदेमातरम्' भारतीय राष्ट्रीय आंदोलन का शीर्षक गीत बना?
(a) स्वदेशी आंदोलन
(b) चंपारण सत्याग्रह
(c) रौलेट एक्ट कानून विरोधी आंदोलन
(d) असहयोग आंदोलन

374. ब्रिटिश पत्रकार एच०डब्ल्यू० नेविन्सन जुड़े थे–
(a) असहयोग आंदोलन
(b) सविनय अवज्ञा आंदोलन
(c) स्वदेशी आंदोलन से
(d) भारत छोड़ो आंदोलन से

375. 'इंडियन सोसायटी ऑफ ओरिएंटल आर्ट' की स्थापना की थी–
(a) अवनींद्रनाथ टैगोर
(b) नंदलाल बोस
(c) अजित कुमार
(d) अमृता हलधर

376. करमचंद गांधी के पिता दीवान थे–
(a) पोरबंदर के
(b) राजकोट के
(c) बीकानेर के
(d) उपर्युक्त सभी राज्यों से

377. फीनिक्स फॉर्म कहाँ है?
(a) सूरतगढ़ (b) एसेक्स
(c) डरबन (d) कम्पाला

378. गांधी की सत्याग्रह रणनीति में सबसे अंतिम स्थान किसे प्राप्त है?
(a) बहिष्कार (b) धरना
(c) उपवास (d) हड़ताल

379. गांधी जी दक्षिण अफ्रीका में कितने वर्ष रहे थे?
(a) 20 वर्ष (b) 21 वर्ष
(c) 16 वर्ष (d) 15 वर्ष

380. महात्मा गांधी के राजनीतिक गुरु कौन थे?
(a) सी०आर० दास
(b) दादाभाई नौरोजी
(c) तिलक
(d) गोखले

381. भारत के स्वतंत्रता संघर्ष के दौरान सबसे पहले सत्याग्रह किसने किया?
(a) सरदार पटेल
(b) जवाहरलाल नेहरू
(c) विनोबा भावे
(d) महात्मा गांधी

382. गांधीवादी विचारधारा किनसे प्रभावित रही है?
(a) रस्किन से (b) थोरो से
(c) टाल्स्टॉय से (d) उपर्युक्त सभी से

383. महात्मा गांधी को सर्वप्रथम 'राष्ट्रपिता' किसने कहा था?
(a) जवाहरलाल नेहरू
(b) वल्लभभाई पटेल
(c) राजगोपालचारी
(d) सुभाष चन्द्र बोस

384. नोआखली काल में महात्मा गांधी के सचिव कौन थे?
(a) निर्मल कुमार बोस
(b) महादेव देसाई
(c) प्यारेलाल
(d) वल्लभभाई पटेल

385. लंबे समय तक कांग्रेस के खजांची कौन थे?
(a) जी०डी० बिड़ला
(b) जमनालाल बजाज
(c) टाटा
(d) हीराचंद

386. गांधी जी को 'वन मैन बाऊंडरी फोर्स' किसने कहा?
(a) चर्चिल (b) एटली
(c) माउण्टबेटन (d) साइमन

387. महात्मा गांधी ने भारत में अपना पहला जनभाषण कहाँ दिया था?
(a) बंबई में
(b) लखनऊ में
(c) चंपारण में
(d) वाराणसी में

388. महात्मा गांधी का कौन-सा संघर्ष औद्योगिक श्रमिकों से सम्बन्धित था?
(a) चंपारण सत्याग्रह
(b) अहमदाबाद संघर्ष
(c) खेड़ा संघर्ष
(d) उपर्युक्त में से कोई नहीं

389. कौन-सी घटना सबसे पहले हुई?
(a) खेड़ा सत्याग्रह
(b) सविनय अवज्ञा
(c) असहयोग आंदोलन
(d) चंपारण सत्याग्रह

390. चंपारण नील आंदोलन के राष्ट्रीय नेता कौन थे?
(a) महात्मा गांधी
(b) बिरसा मुंडा
(c) बाबा रामचन्द्र
(d) राम सिंह

391. चंपारण सत्याग्रह के दौरान महात्मा गांधी का विरोध किसने किया था?
(a) रवीन्द्रनाथ टैगोर
(b) एन०जी० रंगा
(c) राजकुमार शुक्ल
(d) राजेन्द्र प्रसाद

392. भारत वर्ष का सर्वप्रथम किसान आंदोलन था—
(a) चंपारण (b) बारदोली
(c) बेगू (d) बिजौलिया

393. असहयोग आंदोलन किस वर्ष प्रारंभ किया गया था?
(a) 1910 (b) 1919
(c) 1920 (d) 1921

394. निम्नलिखित में चौरी-चौरा कांड की वास्तविक तिथि है?
(a) फरवरी 5, 1922
(b) फरवरी 4, 1922
(c) फरवरी 2, 1922
(d) फरवरी 6, 1922

395. किस घटना के बाद महात्मा गांधी ने असहयोग आंदोलन को अपनी 'हिमालय जैसी भूल' बतायी थी?
(a) चौरी-चौरा
(b) खेड़ा सत्याग्रह
(c) नागपुर सत्याग्रह
(d) राजकोट सत्याग्रह

396. 'साइमन कमीशन' भारत किस वर्ष आया?
(a) 1927 (b) 1928
(c) 1929 (d) 1931

397. 'पूर्ण स्वराज' का प्रस्ताव किस वर्ष पारित किया गया?
(a) 1919 (b) 1929
(c) 1939 (d) 1942

398. दांडी यात्रा की गयी—
(a) 1932 में (b) 1931 में
(c) 1929 में (d) 1930 में

399. 'नमक सत्याग्रह' के समय गांधी जी के गिरफ्तार हो जाने के बाद आंदोलन के नेता के रूप में उनका स्थान किसने लिया?
(a) अब्बास तैयबजी
(b) अबुल कलाम आजाद
(c) जवाहर नेहरू
(d) सरदार वल्लभभाई पटेल

400. गांधी-इरविन समझौते पर हस्ताक्षर हुए—
(a) 1931 में (b) 1935 में
(c) 1942 में (d) 1945 में

401. भारत छोड़ो आंदोलन कब प्रारंभ हुआ?
(a) 9 अगस्त 1942
(b) 10 अगस्त 1942
(c) 15 अगस्त 1942
(d) 16 अगसत 1942

402. निम्नलिखित में से कौन महात्मा गांधी का जीवनीकार है?
(a) लुई फिशर
(b) रिचर्ड ग्रेग
(c) वेब मिलर
(d) इनमें से कोई नहीं

उत्तरमाला
प्राचीन भारतीय इतिहास

1. (a)	2. (b)	3. (a)	4. (a)	5. (a)	6. (c)
7. (d)	8. (d)	9. (b)	10. (d)	11. (b)	12. (c)
13. (d)	14. (b)	15. (b)	16. (a)	17. (b)	18. (b)
19. (d)	20. (c)	21. (d)	22. (b)	23. (a)	24. (a)
25. (b)	26. (b)	27. (a)	28. (a)	29. (b)	30. (a)
31. (c)	32. (b)	33. (a)	34. (a)	35. (c)	36. (d)
37. (d)	38. (a)	39. (c)	40. (b)	41. (c)	42. (d)
43. (d)	44. (a)	45. (d)	46. (a)	47. (d)	48. (c)
49. (d)	50. (d)	51. (a)	52. (b)	53. (b)	54. (a)
55. (d)	56. (d)	57. (c)	58. (b)	59. (d)	60. (b)
61. (c)	62. (d)	63. (b)	64. (a)	65. (b)	66. (c)
67. (a)	68. (c)	69. (a)	70. (a)	71. (d)	72. (d)
73. (c)	74. (c)	75. (c)	76. (c)	77. (b)	78. (a)
79. (b)	80. (c)	81. (c)	82. (a)	83. (b)	84. (c)
85. (a)	86. (b)	87. (d)	88. (a)	89. (d)	90. (a)
91. (b)	92. (d)	93. (b)	94. (b)	95. (a)	96. (b)
97. (d)	98. (d)	99. (b)	100. (c)	101. (b)	102. (b)
103. (b)	104. (a)	105. (a)	106. (c)	107. (c)	108. (a)
109. (c)	110. (b)	111. (d)	112. (a)	113. (d)	114. (a)
115. (b)	116. (b)	117. (c)	118. (c)	119. (b)	120. (a)
121. (b)	122. (a)	123. (d)	124. (a)	125. (c)	126. (c)
127. (b)	128. (a)	129. (d)	130. (a)	131. (d)	132. (a)
133. (d)	134. (a)	135. (c)	136. (a)	137. (a)	138. (d)
139. (b)	140. (b)	141. (b)	142. (b)	143. (b)	144. (c)
145. (c)	146. (b)	147. (d)	148. (a)	149. (b)	150. (d)
151. (b)	152. (c)	153. (b)	154. (a)	155. (c)	156. (b)
157. (d)	158. (d)	159. (c)	160. (a)	161. (c)	162. (d)
163. (c)	164. (c)	165. (b)	166. (b)	167. (d)	168. (a)
169. (a)	170. (b)	171. (c)	172. (b)	173. (b)	174. (c)
175. (c)	176. (b)	177. (d)	178. (d)	179. (a)	180. (c)
181. (c)	182. (a)	183. (d)	184. (d)	185. (c)	186. (c)
187. (c)	188. (c)	189. (d)	190. (b)	191. (b)	192. (a)

193. (d)	**194.** (b)	**195.** (a)	**196.** (b)	**197.** (a)	**198.** (c)
199. (c)	**200.** (a)	**201.** (b)	**202.** (c)	**203.** (d)	**204.** (c)
205. (b)	**206.** (b)	**207.** (b)	**208.** (b)	**209.** (b)	**210.** (d)
211. (b)	**212.** (b)	**213.** (c)	**214.** (d)	**215.** (c)	**216.** (c)
217. (c)	**218.** (a)	**219.** (d)	**220.** (d)	**221.** (d)	**222.** (b)
223. (d)	**224.** (a)	**225.** (b)	**226.** (c)	**227.** (d)	**228.** (b)
229. (d)	**230.** (b)	**231.** (a)	**232.** (c)	**233.** (d)	**234.** (c)
235. (c)	**236.** (a)	**237.** (a)	**238.** (c)	**239.** (c)	**240.** (d)
241. (c)	**242.** (a)	**243.** (b)	**244.** (b)	**245.** (b)	**246.** (c)
247. (c)	**248.** (c)	**249.** (d)	**250.** (a)	**251.** (a)	**252.** (d)
253. (b)	**254.** (b)	**255.** (b)	**256.** (b)	**257.** (c)	**258.** (a)
259. (c)	**260.** (d)	**261.** (d)	**262.** (d)	**263.** (a)	**264.** (c)
265. (c)	**266.** (a)	**267.** (d)	**268.** (c)	**269.** (a)	**270.** (a)
271. (a)	**272.** (c)	**273.** (d)	**274.** (b)	**275.** (d)	**276.** (d)
277. (c)	**278.** (d)	**279.** (c)	**280.** (b)	**281.** (c)	**282.** (d)
283. (b)	**284.** (c)	**285.** (d)	**286.** (b)	**287.** (c)	**288.** (c)
289. (d)	**290.** (c)	**291.** (c)	**292.** (a)	**293.** (c)	**294.** (a)
295. (a)	**296.** (c)	**297.** (a)	**298.** (d)	**299.** (c)	**300.** (a)
301. (b)	**302.** (b)	**303.** (d)	**304.** (c)	**305.** (c)	**306.** (b)
307. (b)	**308.** (b)	**309.** (b)	**310.** (d)	**311.** (d)	**312.** (c)
313. (c)	**314.** (a)	**315.** (a)	**316.** (d)	**317.** (d)	**318.** (c)
319. (c)	**320.** (b)	**321.** (d)	**322.** (b)	**323.** (b)	**324.** (b)
325. (d)	**326.** (a)	**327.** (a)	**328.** (a)	**329.** (a)	**330.** (a)
331. (a)	**332.** (a)	**333.** (a)	**334.** (a)	**335.** (a)	**336.** (a)
337. (a)	**338.** (a)	**339.** (a)	**340.** (a)	**341.** (a)	**342.** (a)
343. (a)	**344.** (a)	**345.** (a)	**346.** (a)	**347.** (a)	**348.** (a)
349. (a)	**350.** (b)	**351.** (a)	**352.** (a)	**353.** (a)	**354.** (a)
355. (a)	**356.** (b)	**357.** (a)	**358.** (b)	**359.** (b)	**360.** (a)
361. (a)	**362.** (a)	**363.** (a)	**364.** (b)	**365.** (d)	**366.** (c)
367. (c)	**368.** (a)	**369.** (d)	**370.** (b)	**371.** (a)	**372.** (a)
373. (c)	**374.** (a)	**375.** (d)	**376.** (a)	**377.** (b)	**378.** (c)
379. (d)	**380.** (d)	**381.** (c)	**382.** (c)	**383.** (c)	**384.** (c)
385. (c)	**386.** (a)	**387.** (a)	**388.** (c)	**389.** (b)	**390.** (a)
391. (a)	**392.** (c)	**393.** (c)	**394.** (d)	**395.** (b)	**396.** (a)
397. (a)	**398.** (b)	**399.** (c)	**400.** (b)		

1. (b)	2. (b)	3. (a)	4. (d)	5. (d)	6. (c)
7. (c)	8. (c)	9. (c)	10. (c)	11. (a)	12. (b)
13. (b)	14. (b)	15. (b)	16. (c)	17. (b)	18. (c)
19. (b)	20. (c)	21. (a)	22. (c)	23. (b)	24. (a)
25. (b)	26. (c)	27. (b)	28. (d)	29. (d)	30. (a)
31. (c)	32. (a)	33. (b)	34. (b)	35. (b)	36. (a)
37. (d)	38. (a)	39. (b)	40. (c)	41. (d)	42. (c)
43. (a)	44. (c)	45. (a)	46. (a)	47. (b)	48. (b)
49. (a)	50. (d)	51. (a)	52. (b)	53. (b)	54. (b)
55. (a)	56. (a)	57. (b)	58. (c)	59. (a)	60. (d)
61. (a)	62. (a)	63. (d)	64. (a)	65. (a)	66. (d)
67. (d)	68. (a)	69. (d)	70. (b)	71. (b)	72. (d)
73. (c)	74. (b)	75. (d)	76. (d)	77. (c)	78. (d)
79. (b)	80. (b)	81. (b)	82. (a)	83. (b)	84. (b)
85. (b)	86. (c)	87. (a)	88. (b)	89. (c)	90. (a)
91. (d)	92. (d)	93. (c)	94. (d)	95. (d)	96. (d)
97. (c)	98. (b)	99. (b)	100. (a)	101. (b)	102. (a)
103. (b)	104. (d)	105. (a)	106. (b)	107. (c)	108. (c)
109. (b)	110. (d)	111. (c)	112. (b)	113. (d)	114. (b)
115. (d)	116. (b)	117. (c)	118. (a)	119. (c)	120. (a)
121. (a)	122. (b)	123. (a)	124. (a)	125. (c)	126. (a)
127. (a)	128. (a)	129. (c)	130. (c)	131. (b)	132. (d)
133. (a)	134. (c)	135. (c)	136. (c)	137. (c)	138. (b)
139. (b)	140. (b)	141. (d)	142. (d)	143. (c)	144. (c)
145. (c)	146. (d)	147. (b)	148. (c)	149. (d)	150. (c)
151. (d)	152. (c)	153. (b)	154. (d)	155. (b)	156. (b)
157. (c)	158. (d)	159. (a)	160. (a)	161. (c)	162. (b)
163. (b)	164. (c)	165. (a)	166. (c)	167. (b)	168. (c)
169. (b)	170. (c)	171. (a)	172. (d)	173. (c)	174. (b)
175. (d)	176. (c)	177. (b)	178. (c)	179. (b)	180. (c)
181. (b)	182. (b)	183. (b)	184. (b)	185. (d)	186. (d)
187. (b)	188. (b)	189. (c)	190. (b)	191. (a)	192. (b)

193. (a)	194. (c)	195. (a)	196. (a)	197. (a)	198. (d)
199. (c)	200. (c)	201. (a)	202. (b)	203. (a)	204. (c)
205. (d)	206. (c)	207. (c)	208. (a)	209. (b)	210. (d)
211. (c)	212. (c)	213. (d)	214. (a)	215. (a)	216. (c)
217. (d)	218. (c)	219. (b)	220. (c)	221. (b)	222. (d)
223. (b)	224. (a)	225. (b)	226. (b)	227. (b)	228. (b)
229. (d)	230. (c)	231. (a)	232. (c)	233. (c)	234. (c)
235. (c)	236. (d)	237. (c)	238. (b)	239. (a)	240. (b)
241. (b)	242. (d)	243. (c)	244. (a)	245. (a)	246. (c)
247. (c)	248. (b)	249. (c)	250. (a)	251. (b)	252. (a)
253. (b)	254. (a)	255. (a)	256. (b)	257. (d)	258. (c)
259. (b)	260. (a)	261. (c)	262. (c)	263. (d)	264. (b)
265. (b)	266. (b)	267. (d)	268. (b)	269. (d)	270. (c)
271. (d)	272. (c)	273. (b)	274. (b)	275. (a)	276. (d)
277. (a)	278. (a)	279. (c)	280. (c)	281. (d)	282. (b)
283. (b)	284. (b)	285. (b)	286. (a)	287. (d)	288. (a)
289. (c)	290. (b)	291. (b)	292. (c)	293. (a)	294. (a)
295. (b)	296. (b)	297. (b)	298. (b)	299. (c)	300. (c)
301. (a)	302. (d)	303. (d)	304. (c)	305. (b)	306. (b)
307. (d)	308. (c)	309. (a)	310. (b)	311. (a)	312. (a)
313. (a)	314. (c)	315. (c)	316. (d)	317. (a)	318. (a)
319. (b)	320. (c)	321. (c)	322. (c)	323. (d)	324. (d)
325. (c)	326. (b)	327. (d)	328. (b)	329. (b)	330. (b)
331. (c)	332. (b)	333. (c)	334. (d)	335. (b)	336. (b)
337. (d)	338. (c)	339. (d)	340. (c)	341. (d)	342. (d)
343. (d)	344. (b)	345. (c)	346. (a)	347. (c)	348. (a)
349. (c)	350. (b)	351. (d)	352. (c)	353. (b)	354. (d)
355. (b)	356. (d)	357. (a)	358. (c)	359. (b)	360. (c)
361. (a)	362. (b)	363. (b)	364. (a)	365. (a)	366. (c)
367. (b)	368. (d)	369. (c)	370. (a)	371. (b)	372. (a)
373. (c)	374. (b)	375. (a)	376. (d)	377. (a)	378. (d)
379. (a)	380. (a)	381. (a)	382. (c)	383. (a)	384. (a)
385. (c)	386. (d)	387. (d)	388. (d)	389. (b)	390. (d)
391. (d)	392. (b)	393. (b)	394. (d)	395. (d)	396. (b)
397. (a)	398. (b)	399. (b)	400. (a)		

1. (b)	2. (c)	3. (c)	4. (b)	5. (c)	6. (d)
7. (c)	8. (c)	9. (a)	10. (b)	11. (b)	12. (a)
13. (a)	14. (b)	15. (d)	16. (b)	17. (b)	18. (d)
19. (d)	20. (b)	21. (a)	22. (a)	23. (c)	24. (b)
25. (a)	26. (a)	27. (c)	28. (b)	29. (b)	30. (a)
31. (c)	32. (b)	33. (d)	34. (b)	35. (d)	36. (a)
37. (d)	38. (c)	39. (a)	40. (a)	41. (b)	42. (a)
43. (a)	44. (d)	45. (a)	46. (c)	47. (a)	48. b)
49. (d)	50. (b)	51. (b)	52. (a)	53. (b)	54. (c)
55. (b)	56. (c)	57. (b)	58. (b)	59. (a)	60. (c)
61. (a)	62. (b)	63. (c)	64. (a)	65. (b)	66. (a)
67. (b)	68. (b)	69. (b)	70. (b)	71. (c)	72. (b)
73. (c)	74. (c)	75. (b)	76. (a)	77. (d)	78. (d)
79. (c)	80. (a)	81. (a)	82. (b)	83. (a)	84. (b)
85. (b)	86. (a)	87. (b)	88. (b)	89. (c)	90. (a)
91. (b)	92. (b)	93. (b)	94. (d)	95. (c)	96. (c)
97. (d)	98. (a)	99. (b)	100. (c)	101. (c)	102. (b)
103. (a)	104. (d)	105. (d)	106. (b)	107. (b)	108. (a)
109. (d)	110. (c)	111. (c)	112. (a)	113. (d)	114. (d)
115. (a)	116. (d)	117. (d)	118. (c)	119. (b)	120. (b)
121. (b)	122. (d)	123. (c)	124. (a)	125. (c)	126. (c)
127. (a)	128. (d)	129. (a)	130. (a)	131. (d)	132. (d)
133. (b)	134. (c)	135. (a)	136. (b)	137. (a)	138. (b)
139. (a)	140. (d)	141. (d)	142. (d)	143. (b)	144. (c)
145. (a)	146. (c)	147. (a)	148. (a)	149. (b)	150. (c)
151. (c)	152. (a)	153. (b)	154. (a)	155. (b)	156. (d)
157. (a)	158. (a)	159. (a)	160. (b)	161. (c)	162. (c)
163. (d)	164. (b)	165. (b)	166. (c)	167. (b)	168. (b)
169. (b)	170. (a)	171. (a)	172. (c)	173. (d)	174. (b)
175. (b)	176. (a)	177. (d)	178. (b)	179. (d)	180. (c)
181. (a)	182. (d)	183. (d)	184. (a)	185. (d)	186. (b)
187. (c)	188. (a)	189. (b)	190. (a)	191. (b)	192. (a)

193. (b)	194. (d)	195. (a)	196. (a)	197. (b)	198. (b)
199. (d)	200. (a)	201. (c)	202. (d)	203. (c)	204. (b)
205. (c)	206. (b)	207. (b)	208. (b)	209. (a)	210. (a)
211. (b)	212. (c)	213. (a)	214. (a)	215. (c)	216. (a)
217. (a)	218. (a)	219. (a)	220. (a)	221. (d)	222. (b)
223. (b)	224. (a)	225. (c)	226. (d)	227. (b)	228. (d)
229. (d)	230. (b)	231. (b)	232. (d)	233. (d)	234. (a)
235. (a)	236. (a)	237. (c)	238. (b)	239. (a)	240. (a)
241. (b)	242. (b)	243. (c)	244. (a)	245. (b)	246. (a)
247. (a)	248. (b)	249. (c)	250. (c)	251. (c)	252. (c)
253. (b)	254. (c)	255. (a)	256. (b)	257. (d)	258. (b)
259. (b)	260. (c)	261. (c)	262. (b)	263. (a)	264. (d)
265. (a)	266. (a)	267. (c)	268. (b)	269. (a)	270. (a)
271. (c)	272. (c)	273. (b)	274. (b)	275. (a)	276. (b)
277. (d)	278. (d)	279. (b)	280. (a)	281. (b)	282. (d)
283. (c)	284. (a)	285. (a)	286. (a)	287. (b)	288. (a)
289. (a)	290. (b)	291. (b)	292. (d)	293. (d)	294. (b)
295. (a)	296. (a)	297. (d)	298. (d)	299. (a)	300. (b)
301. (b)	302. (a)	303. (a)	304. (a)	305. (c)	306. (c)
307. (b)	308. (a)	309. (d)	310. (b)	311. (c)	312. (d)
313. (d)	314. (b)	315. (d)	316. (a)	317. (c)	318. (c)
319. (c)	320. (c)	321. (b)	322. (d)	323. (c)	324. (d)
325. (c)	326. (a)	327. (c)	328. (d)	329. (a)	330. (d)
331. (b)	332. (a)	333. (a)	334. (d)	335. (c)	336. (c)
337. (a)	338. (b)	339. (a)	340. (a)	341. (b)	342. (d)
343. (b)	344. (a)	345. (c)	346. (b)	347. (b)	348. (b)
349. (c)	350. (a)	351. (c)	352. (a)	353. (b)	354. (c)
355. (c)	356. (c)	357. (a)	358. (d)	359. (b)	360. (b)
361. (a)	362. (a)	363. (d)	364. (d)	365. (c)	366. (c)
367. (b)	368. (a)	369. (d)	370. (c)	371. (a)	372. (c)
373. (a)	374. (c)	375. (a)	376. (d)	377. (c)	378. (d)
379. (b)	380. (d)	381. (d)	382. (d)	383. (d)	384. (c)
385. (b)	386. (c)	387. (d)	388. (b)	389. (d)	390. (a)
391. (b)	392. (a)	393. (c)	394. (a)	395. (a)	396. (b)
397. (b)	398. (d)	399. (a)	400. (a)	401. (a)	402. (a)